MÉMOIRES

D'UNE

HONNÊTE FEMME,

ÉCRITS

PAR ELLE-MÊME,

ET PUBLIÉS

Par M. DE CHEVRIER.

Il en eſt juſqu'à trois que je pourrois citer.
D'Eſp. Sat. des F.

TROISIEME PARTIE.

A LONDRES.

M. DCC. LXXIV.

MÉMOIRES

D'UNE

HONNETE FEMME.

TROISIEME PARTIE.

JUGEZ, madame, de l'horreur de ma situation, par l'impression funeste qu'elle fait en ce moment sur vous-même, & réprésentez-vous une femme attachée à ses devoirs, une épouse vertueuse, & une mere tendre, qui, tenant son enfant dans ses bras, est forcée de quitter sa patrie, pour aller recevoir les derniers soupirs de son mari qui expire sur un échafaud, ou peut-être pour pleurer la perte d'un mortel vertueux qu'elle a

R 6

conduit elle-même au supplice. En vain
on voudra consoler ma douleur, en me
disant que je ne suis point coupable : si
l'infortuné *Sanville* ne m'avoit point
aimée, mon mari vivroit, & c'est cet
amour malheureux qui est la cause de
la mort de deux hommes ; remords éternels vous ne sortirez jamais de mon
cœur !

J'arrivai à *Paris* dans ces réflexions
dévorantes ; l'empressement que j'avois
de voler au châtelet, pour voir s'il
étoit temps encore de secourir le *comte*,
m'engagea à laisser ma voiture aux bar-
rieres de la porte S. Bernard ; où les
gardes étoient occupés à visiter mes effets ; & je pris avec *Sophie* un carrosse
de place, à qui j'ordonnai d'aller au
grand châtelet ; le précepteur devoit,
après la visite des gardes, se rendre
avec mon fils à notre hôtel de la rue de
Tournon. A peine avions nous traversé
le pont Marie, que je vis avancer, par
le quai de Peletier, une foule de peuples qui bordoient une charrette que
des gardes à cheval précédoient ; l'impression que ce spectacle funébre fit sur
moi, m'ôta l'usage de mes sens, & *Sophie*, qui n'avoit pu par elle-même me

rappeler à la vie , me fit transporter
dans le bureau des coches d'*Auxerre*,
c'étoit la maison la plus voisine du lieu
où je m'étois trouvée mal , les commis
quitterent la dureté attachée à leur état,
& me donnerent tous les secours qui
dépendirent d'eux. *Sophie* éplorée , à
côté du lit sur lequel on m'avoit placée ,
avoit essuyé vingt questions fatigan-
tes sur la cause de ma foiblesse , mais
cette discrete amie imagina quelques
raisons qui pussent contenter les gens
chez lesquels nous étions. Mes yeux
commençoient déjà à se rouvrir à la
lumiere , quand un grand homme , que
le tumulte de la populace avoit attiré
à la porte du bureau des coches , entra
dans la chambre où j'étois ; l'agitation
& le trouble qui m'environnoient encore , ne me permirent pas de le connoître ; il prononça avec douleur quelques paroles qui furent entrecoupées par
des sanglots ; l'intérêt pressant que cet
inconnu sembloit prendre à ma situation , m'émut ; *Sophie* , toujours confondue dans ses pleurs , ne levoit les
yeux que vers le ciel. Je tirai , en tremblant les rideaux qui n'étoient qu'entr'ouverts ; que vis-je ? Ah Dieu ! Le

comte de *Courmont* aux pieds de mon lit ! Je me levai avec précipitation , & me jetai dans ses bras , où je demeurai plus d'un quart d'heure, sans que nous proférassions une parole l'une & l'autre. *Sophie*, remise de sa premiere douleur, se mêla à nos embrassements , & ne les rendit que plus tendres.

Le pathétique de cette reconnoissance toucha tous ceux qui étoient dans l'appartement ; malgré les caresses que nous nous prodiguions , on vit que nous étions époux ; cet attachement parut singulier , mais on ne l'admira pas moins.

Je renvoyai mon *fiacre* pour monter dans le carrosse de mon mari, qui avoit repris notre premier hôtel, nous ne fûmes pas plutôt placés, que je satisfis à l'impatience du *comte*, en lui apprenant le malheureux sujet du voyage le plus heureux, quisque *Courmont*, condamné par le châtelet, venoit d'être absous par le parlement, avec des dommages & intérêts considérables. Quel instant ! Cette réunion fut beaucoup plus tendre que les premiers jours de notre mariage ; devoit-elle durer si peu ?

Mon époux qui, depuis son départ de *France*, avoit passé en *Hollande*, & delà en *Angleterre*, étoit devenu amoureux fou de *milady Robinson*, femme d'un membre du parlement de *Londres*; & le desir impatient qu'il avoit de retourner dans cette ville, le centre de la liberté, & la patrie des arts, le détermina à m'engager à prendre la route de l'*Angleterre*, sous prétexte que *Paris* devant me déplaire, il étoit charmé de profiter du congé que la cour venoit de lui accorder, pour me faire voir *Londres*; mon fils m'étoit cher, & je ne pouvois me risquer de lui faire passer la mer, ni de me séparer d'un objet si précieux; d'ailleurs le goût que j'avois conçu depuis quelque-temps pour la solitude, fut la seconde excuse que j'employai pour retenir *Courmont* en *France*; mon mari cessa de me presser, & déjà je me félicitois de retourner à *Issurtile*, quand un nouvel incident m'arracha l'estime de mon mari. Qu'une coquette, en proie aux agaceries de l'univers, soit en bute aux mépris de son époux; cela est juste; mais qu'une femme vertueuse soit exposée aux traits de la satyre, & que toujours innocente, on la juge coupable , c'eſt le comble de l'infortune ?

Madame *Quetel* , dont je croyois avoir le plaiſir de ne plus parler , venoit de renouer avec le commandeur d'*Humi-court* , le *Neſtor* , des hommes à bonnes fortunes de ſon fiecle , je l'ai peint dans la ſeconde partie de mes mémoires , & l'on verra ſon caractere juſtifié dans l'anecdote que je vais détailler. Incapable , comme je l'ai remarqué , d'être méchant de ſon propre mouvement , il n'offenſoit que quand ſon amour propre humilié l'y forçoit , ou que lorſqu'il s'y voyoit contraint par les perſuaſions de quelqu'un : ces deux motifs concourant contre moi , ſa vengeance n'en fut que plus à redouter. Madame *Quetel* , qui avoit eu dans ſa jeuneſſe des bontés pour le *Commandeur* , s'aviſa de lui faire des *mines* ; d'*Humi-court* y répondit en plaiſentant , & madame *Quetel* , qui ne badinoit jamais ſur ces ſortes de matieres , l'enchaîna ſérieuſement ; ce retour fut l'époque d'un complot odieux , dont je devins la victime. Le *Commandeur* , à qui j'avois autrefois interdit ma préſence , s'en reſſouvint ; madame *Quetel* qui me reprochoit de lui avoir enlevé le préſident d'*Obricourt*, ne me pardonna pas ; voilà les deux fujets de vengeance qui vont préparer une manœuvre dangereufe.

D'*Humicourt* avoit le talent de peindre en mignature, & il en abufoit prefque toujours, parce que l'ufage vouloit alors qu'on n'obtint une femme, qu'en lui facrifiant au moins une coquette ; le fexe, par cette fauffe politique, fe perdoit néceffairement, une femme, abandonnée aujourd'hui, fervoit le jour fuivant de facrifice à une nouvelle, & fucceffivement la moitié du fexe devenoit la victime de l'autre.

Le commandeur qui avoit eu l'audace de me peindre, en renouant avec madame *Quetel*, lui avoit remis mon portrait, qu'elle favoit que je ne lui avois point donné ; le comte, dans la feule vue de fe diffiper fans doute, fit des prévenances à madame *Quetel*, c'eft-à-dire qu'il l'eut. Cette femme ne fit qu'autant de réfiftance qu'il en faut pour fauver une efpece de réputation, en perfuadant à un homme qu'on a quelqu'un, & qu'on n'eft pas affez mauffade pour vivre fans intrigues : ce quelqu'un exiftoit, fi l'on prend les complaifances de d'*Humicourt* pour un atta-

chement réel. Quoi qu'il en foit, le plaifir
de faire une perfidie, égara l'indulgente
Quetel ; & elle combattit aſſez la vrai-
femblance, pour fe perfuader qu'étant
aimée du *commandeur*, elle pouvoit lui
étre infidelle. *Courmont* fut fur les rangs
& cette femme, qui n'avoit pas eu
fouvent des adorateurs de cette efpece,
l'apprit à tout *Paris*, qui n'en voulut
rien croire ; l'opinion commune alors,
étoit que madame *Quetel* vivoit dans la
réforme, parce qu'elle avoit l'âge d'y
entrer ; & le public fut aſſez méchant
pour la croire vertueufe malgré elle.
Des idées pareilles perdent fans ref-
fources des femmes à prétentions. Le
comte, aſſez aſſidu auprès de madame
Quetel, pour ne pas la défefpérer fur un
abandon total qui fuivoit ordinairement
après un commerce de huit jours, ne
me parloit plus de m'expatrier, & dès
le moment qu'il lui falloit quelqu'un qui
eût l'air d'une maîtreſſe, j'aimois autant
qu'il prît la *Quetel* qu'une autre plus
raifonnable. Cette femme, à qui cela
n'étoit pas fi indifférent qu'à moi, avoit
des raifons perfonnelles pour retenir le
comte, & elle crut n'y parvenir qu'en
fâchant de m'avilir auprès de lui ; mon

portrait , dont elle étoit nantie , la
fervit dans cette circonftance. Un jour
qu'étant fortie exprès de fon cabinet de
toilette , pour paffer une robe dans une
chambre voifine , elle avoit laiffé une
de fes boîtes ouverte , au-deffus de laquelle on voyoit mon portrait : *Cour-*
mont , qui cherchoit quelque chofe fur
la toilette , tomba malheureufement fur
la mignature , & s'en faifit. La *Quetel*
qui joua la furprife , redemanda le portrait avec des inflances affectées ; mais
le comte , qui cherchoit à fe tourmenter , lui jura qu'il ne la reverroit jamais ,
fi elle n'avoit l'amitié de lui avouer par
quel hafard le portrait fe trouvoit chez
elle. Madame *Quetel* , quittée mille
fois , avoit une horreur toujours nouvelle pour les inconftances qu'on lui
faifoit ; la crainte de perdre *Courmont*
lui fournit les moyens de le fatisfaire ,
en lui racontant un conte préparé depuis
long-temps entr'elle & le commandeur ,
qu'elle eut foin de faire paffer pour le
héros de l'aventure , qui lui avoit fa-
crifié mon portrait. A ces mots la rage
rentra dans le cœur de mon mari , &
ne pouvant fe perfuader qu'il y eût des
des gens affez fcélérats pour perdre

quelqu'un de fang froid , il me crut coupable. La façon dont je m'étois juftifiée fur le paffé , auroit bien dû lui épargner tout foupçon fur les nouveaux écarts que l'on m'imputoit : un mari qui croit être offenfé , confulte rarement la raifon , la fureur eft fon guide , & le comte dans fes premiers tranfports , n'écouta qu'elle. La *Quetel* qui crut que le moyen qu'elle avoit mis en ufage pour conferver *Courmont* , alloit l'en priver , tenta de le tranquillifer , en lui faifant préfent de fon portrait , c'eft la feule démarche qu'elle pouvoit faire fans rougir , car la mignature repréfentoit une jolie femme ; & les yeux de l'homme prévenu le plus avantageufement , ne devoient jamais y reconnoître madame *Quetel.* Le comte qui ignoroit que fon amante avoit fait de ces cadeaux-là à tout Paris , fut flatté du préfent , & voulant l'embellir avec quelques diamants que je lui avois dit de me changer , il vola chez *Rondet* ; quelle fut fa furprife de voir ce jouailler occupé à garnir de diamants un portrait qu'il reconnut pour être le mien ? *Rondet* , qui ignoroit qu'il parloit au mari de celle dont il tenoit la mignature entre les

mains , s'amufoit à lui en vanter les
charmes , & le preffoit de convenir que
le comte de *Pufangé* étoit le mortel de
France le plus heureux ; point de plai-
fanterie , *M. Rondet* , reprit *Courmont* ;
l'original de ce portrait me touche de
près , & je me faifis de la copie ; à
l'égard des diamants je vous les remets.
Mais , monfieur , repartit le jouailler ,
vous me compromettez , & je perds la
confiance des honnêtes gens , fi vous
n'avez la complaifance de me rendre
un portrait dont je ne puis difpofer :
point de répliques , repondit mon mari ,
voilà mon nom & mon adreffe , c'eft à
moi qu'il faudra s'adreffer pour le ravoir;
le comte fortit enfuite , & gagna avec
précipitation l'hôtel. D'*Humicourt* &
Pufangé étoient précifément avec moi ,
ils s'étoient introduits fous prétexte de
rendre une vifite au comte , qui ne les
eût pas plutôt apperçus , que me jetant
un regard furieux , il les pria de fortir :
le ton dur avec lequel il leur parla , jeta
dans mon efprit des foupçons qui furent
bien-tôt démêlés ; d'*Humicourt* & *Pufangé* fortirent avec un faux ton de plai-
fanterie qu'un lâche emploie pour fe
fauver ; *Sophie* , que mon mari pria de

paffer dans une piece voifine , nous
laiffa feuls. Eh bien , Madame, me dit-
il , avec cet air courroucé qui préfageoit
les plus grands malheurs , eft-ce affez
long-temps joindre l'outrage à l'outrage ? & voulez-vous que, jouet perpé-
tuel de votre coquetterie , j'effuie jufqu'au bout la perfidie la mieux mar-
quée ? Voici le troifieme coup que vous
me portez, du moins je veux ignorer
les autres , mais ce dernier eft fans re-
plique ; connoiffez-vous ce portrait ?
Eft-ce le mien , répondis-je ? eft ce le
mien, reprit-il ? penfez vous me fé-
duire avec ce ton enfantin ? mais , en
fuppofant que vous ayez l'adreffe de
vous tirer de ce premier pas, comment
vous juftifierez-vous fur ce fecond portrait que le comte de *Pufange* avoit
remis à *Rondet*, des mains duquel je l'ai
arraché.

Je vous crois , repartis-je , mais je
vous protefte , avec la fincerité que vous
me connoiffez ; que je n'ai jamais donné
mon portrait à perfonne, il eft aifé de
reconnoître la main d'un peintre, voyez-
le , & vous faurez que je n'ai jamais
donné ordre qu'on me peignît: propos en
l'air , repartit Courmont , toujours plus

irrité, fuyez madame, ou craignez à mon retour une scène plus cruelle que celle du Bon-Pasteur : le comte sortit dans ces entrefaites, Sophie, que j'appelai dans ce moment pour savoir quel parti la prudence vouloit que je prisse dans une conjoncture aussi délicate, seconda mes sentiments, en m'affermissant dans la résolution ou j'étois de faire tête à l'orage, & d'attendre de sang froid le retour du Comte ; cependant, disois-je quelquefois à Sophie, Courmont, dans les accès violents de sa fougue, ne prendra pas la précaution de chercher des éclaircissements que peut-être il ne trouveroit point, quand il voudroit les prendre, & je suis sure que, livré à sa seule fureur, il a pris sur le champ la route de Marli, d'où il me semble déjà le voir revenir avec un ordre cruel, que sa rage aura surpris de la religion du ministre : je vous plains ; chere Comtesse, reprenoit mon amie, mais que faire ? La fuite vous rendroit seule coupable, le temps vous a justifiée sur deux accusations aussi importantes que celle-ci, attendez tout de lui ; l'innocence tranquille périt rarement ; moi fuir, répondis-je, de tels

fentiments n'entrent point dans mon
cœur, je fais quels foupçons un départ
précipité jetteroit fur moi ; le Comte
eft vif, mais la vérité peut le ramener:
cependant, continuois-je en tremblant,
il m'a nommé Pufangé ; fi victime d'un
combat que je crains, il alloit perdre
la vie, que deviendrois-je ? vous connoiffez, chere Sophie, le cœur de votre
amie, ellë mourroit de défefpoir. Le
Comte ne vient point, un preffenti-
ment fecret m'annonce qu'il n'eft plus:
non, madame répondit mon mari qui
avoit entendu les derniers mots ; il vit,
mais c'eft pour adorer la plus infortunée
& la plus vertueufe de toutes les époufes,
ah, ciel ! pourfuivoit il en ferrant tendrement mes genoux, me pardonnerez-
vous ce dernier écart; *Sophie*, intéreffez
votre amie en ma faveur, & obtenez la
grace d'un malheureux que des circonftances fingulieres fe plaifent de déchirer:
quand vous parlez, repris-je, ai-je
befoin d'un autre intérêt pour me rendre ? La voix de mon cœur plus impé-
rieufe que celle de l'amitié, vous ab-
fout, trop heureufe encore de vous retrouver dans mes bras : eft ce vous qui
parlez, repartit *Courmont* ? ah, ciel !
que

que vos bontés, me rendent coupable !
ne craignez plus, adorable *Julie*; ni
caprices, ni humeurs, je ne veux que
vous *idolâtrer*, les circonstances auront
beau vous condamner, un époux raisonna-
ble, convaincu de la vertu de sa femme,
se deshonore par des éclaircissements;
soumis entiérement à vos ordres, nom-
mez le climat où vous voulez vivre, tous
les lieux où je serai avec vous, seront
remplis de charmes pour moi ; la *Bourgogne*, la *France*, *Paris* même, tout
odieux qu'il me paroisse. . . . tous les
pays me seront égaux, quand j'y vivrai
avec ce que j'aime. Ce discours si tendre
& si éloigné de l'affectation, m'intéressa
au point, que je témoignai, par complaisance que la *France* m'ennuyoit, &
je fis sentir adroitement au *Comte*, que je
sortirois avec plaisir du royaume ; vous
m'avez parlez il y a quelque temps, lui
dis-je, de l'*Angleterre*, allons à *Londres*,
nous n'y resterons qu'autant que vous
vous y amuserez, connu dans cette ville,
vous n'y aurez que des agréments : que
vous êtes obligeante, me repondit le
Comte, j'accepte ce parti, pourvû que
Sophie ne le désaprouve point, vous
l'aimez, & je serois au désespoir de vous

Tome II. S

féparer d'elle. Mon amie qui n'avoit d'autres fentiments que les miens, répondit à *Courmont*, comme je le defirois, & nos arrangements furent pris pour un départ prochain. Le *Comte* me raconta alors la perfidie d'*Humicourt* & de *Pûfangé*, que le grand prieur de France, informé de leur conduite odieufe, venoit de faire partir pour *Malte*, exil trop gracieux pour des hommes auffi noirs. Flattée de quitter *Paris*, & d'aller refpirer un air que mon mari aimoit, je me formai des idées de tranquillité que l'avenir ne troubla que trop ; étoit-ce à moi de me livrer à un penchant dont je connoiffois le vuide ? & devois-je aimer véritablement, après les chagrins que l'ombre même de l'amour m'avoit caufés?

Le peu de monde que je vois depuis les noirceurs que j'avois effuyées dans la fociété, ne m'affujettiffoit point à des devoirs pénibles ; bornée prefque à une feule maifon, je ne vivois gueres qu'avec madame de *Querman*, c'étoit la femme de l'Intendant [de M.***, petite fouveraine en B***, fimple particulier à *Paris*. Madame de *Querman* avoit préféré d'être ignorée dans la capitale, à l'agrément d'avoir une cour en province, & elle paſſoit les trois quarts de l'année dans le centre des plaiſirs bruyants ; ſon mari étoit un de ces hommes *eſſentiels*, qui ont l'art de ſe rendre utiles ſans mérite, & néceſſaires ſans motifs, occupé ſans ceſſe à ſaiſir le bon ton qu'il n'avoit pû avoir dans un préſidial de province, il avoit fait une fortune aſſez conſidérable dans la ré- volution des billets de banque, pour acheter une charge de maître des re- quêtes. C*** dut ſa fortune à ſon habileté à jouer au billard ; *Querman* fut redevable de ſon avancement à la paume dans laquelle il excelloit, & peut - être il auroit été plus loin, ſi la derniere con- tagion qui ravagea la Provence, ne l'eût attaché à un avenir brillant. Madame de *Querman* qui n'avoit pas même l'eſ- prit de mettre à profit la fortune de ſon mari, s'étoit perſuadé depuis long- temps, que l'air de s'amuſer à *Paris*, qui n'eſt autre qu'un ennui maſqué, étoit préférable aux plaiſirs réels qu'on goûtoit en province, contente de vivre dans un tourbillon d'inſectes illuſtres qu'elle ne connoiſſoit point, mais qu'elle croyoit fort agréables, parce qu'ils l'entretenoient de la chaſſe, & du coucher du roi, auxquels ils ne s'étoient jamais trouvés, elle auroit volontiers passé ses jours dans un ennui mortel avec des gens du belle air, pourvu qu'elle eût eu la réputation d'une femme du grand monde. L'Intendance qui la flattoit, quand elle n'étoit que présidente de campagne, lui avoit paru insipide aussi-tôt qu'elle avoit joui des prérogatives qui y sont attachées, elle avoit la manie de la cour ou elle ne pouvoit figurer, & tout ce qui ne tenoit point à *Versailles*, étoit pour elle d'une maussaderie étonnante. Ridicule dans l'expression, elle parloit le langage de la cour, mais l'emploi bizarre qu'elle faisoit des termes qu'elle ne rendoit jamais propres, formoit un jargon singulier, qui, en étourdissant les gens d'esprit, lui acquéroit chez le peuple le titre de femme de bon ton ; & c'étoit pour elle l'éloge le plus *délicieux*, expression qui lui étoit si familiere, qu'elle l'appliquoit même au chagrin. Maîtresse en titre du Marquis de *Solmé*, dont elle étoit soupçonnée de connoître les créanciers, elle avoit un amant, comme on a une robe, parce que la mode ou le bon goût l'exigent ; n'aimant rien d'ailleurs que ce qui étoit attaché au bel ufage, elle portoit la manie dès airs jufques dans fes plaifirs fecrets, & fes goûts raifonnés devenoient ridicules, dès que le caprice ou la mode ne les approuvoient point. On fent bien, à ce portrait, qu'une femme de ce caractère, ne me convenoit pas, mais les befoins de la vie ne nous permettent point toujours de vivre avec ceux qui nous conviennent; fatalité dangereufe qui entraîne fouvent la perte de nos mœurs! *Courmont* qui avoit quelques terres dans le *Bourbonnois*, & que l'intendant vouloit prendre pour fervir aux chemins publics, fut obligé de s'adreffer à lui, leur connoiffance commença par une querelle qu'ils eurent à propos des titres que les intendants exigent, & que mon mari croyoit ne devoir point leur accorder. *Querman* revint d'une prétention chimérique, qui lui étoit perfonnelle, lors même qu'il fembloit ne la foutenir que pour l'honneur de fon corps, & il mit à couvert les terres du *Comte*; ce procédé avec un homme qui n'avoit pas flatté fon amour propre, lui mérita l'eftime & l'amitié de mon mari, & pendant ce dernier féjour à *Paris*,

S 3

nous vivions fort fouvent avec l'intendant. Le ton de madame de *Querman*
auroit paru révoltant à ceux qui n'auroient point été prévenus, mais il amufoit ceux qui la connoiffoient, rien ne
paroît extraordinaire dans quelqu'un
qui eft annoncé comme un perfonnage
ridicule. L'intendant d'ailleurs avoit
avec fa femme, un air aifé qui paffe
pour dignité chez les grands, & pour
fottife auprès du peuple ; à propos de
cela je me rappelle un trait qui m'a-
mufa beaucoup.

Quelques jours avant notre départ
pour *Londres*, nous foupions en famille
chez Madame de *Querman*, je veux
dire le marquis de *Solmé*, l'intendante,
fon mari, le *Comte* & moi. *Querman*
étoit monté fur un ton gai, qui le rendoit affez agréable à fa femme. Elle
vouloit toujours s'étourdir fur le plaifir ;
& comme s'il y avoit long-temps qu'ils
ne s'étoient vus, il lui demanda compte
de fes amufements, fans autre intérêt
cependant que celui d'un ami qui y
prend part. Madame de *Querman*, en-
chantée de voir que fon mari imitoit
la complaifance des gens de la cour,
lui fit un détail que je crus d'autant plus

fincere, qu'il ne flattoit ni la vanité de l'intendant, ni le goût de sa femme. *Querman* qui paroissoit s'intéresser à la santé de l'intendante, lui demanda, d'un ton indifférent, à quelle heure elle étoit rentrée hier. A une heure, répondit-elle. A une heure, reprit *Querman* ! Rien de si positif, repartit *Solmé*..... Si vous le croyez, répliqua froidement l'intendant, tant pis pour vous, *marquis*, car madame n'est revenue qu'à trois heures.

L'intendante feignit de rougir, pour montrer qu'elle étoit infidelle ; parce que le bon ton ne vouloit pas qu'une femme fût constante : usage pernicieux qui a passé jusqu'au siecle où vous vivez. *Solmé* voulut jouer l'amant piqué ; mais à peine se ressouvint-il que son tailleur devoit lui rendre une visite le lendemain matin, qu'il eut cet air empressé que la vanité des femmes prend pour de l'amour, & qui n'est que bassesse dans ceux qui l'emploient.

Quelques amusantes que ces scenes fussent au premier aspect, elles ne pouvoient me plaire long-temps. On a beau connoître *Paris* ; il est difficile que quelqu'un à qui la vertu est chere, se

familiarife avec le vice. Nos difpofi-
tions étoient faites ; mon fils venoit
d'entrer à *Louis le grand*, fous la conduite d'un vieil officier ruiné , qui,
n'ayant pu obtenir le gouvernement
d'une place, prit celui du jeune *marquis*. Le *comte* qui croyoit m'obliger
en m'éloignant de *Paris*, prefla notre
départ ; & nous prîmes avec *Sophie*,
qui nous étoit trop chere pour nous en
féparer, la route de la *Flandre*. Nous
arrivâmes à *Lille*, où nous féjournâmes
quelque temps : c'eft là que j'étudiai
l'efprit Flamand. Je vis que cette nation
avoit cette groffe probité que je préfere
à la politeffe : moins adroits , & auffi
impolis que leurs voifins les *Hollandois*,
ils veulent prendre machinalement le
ton de rudeffe que les *Anglois* ont
moins par air que par vérité.

De *Lille* nous paffâmes à *Calais*, où
nous arrivâmes affez à temps pour être
témoins d'une expérience qui, pour
n'avoir pas réuffi, n'en eft pas moins
digne d'éloges : on la devoit au génie
& aux foins de M. le marquis d'*Herou-
ville*, nom célebre dans le militaire ;
& j'avouerai avec quelque furprife, que
j'ignore pourquoi le projet dont je vais

dire un mot, n'a pas été pouffé à fa perfection.

L'officier général que je viens de citer, à qui l'on eft redevable de quantité d'autres projets importants, avoit imaginé une machine au moyen de laquelle on pouvoit defcendre dans la mer, y voir ce qui étoit englouti, & le pêcher aifément: l'expérience, du moins celle que j'ai vue, fe fit en petit. Un garde-françoife fe propofa pour defcendre: il étoit prévenu qu'auffi-tôt que fa refpiration s'affoibliroit, il n'avoit qu'à remuer un cordon qu'il tenoit à la main, & qui répondoit à une fonnette qui étoit hors de la mer; mais l'ivreffe dans laquelle il étoit, & dont on ne s'étoit pas apperçu, l'empêcha de remuer le cordon, & il étoit mort quand on le retira. Un homme de fang froid n'auroit pas couru ce danger; mais après cet exemple qui avoit intimidé un peuple foible, on ne pourfuivit point l'expérience d'un projet fûr & réfléchi.

C'eft à *Calais* que nous nous embarquâmes pour *Douvres*. La mer qui avoit un peu agité *Sophie*, nous engagea à continuer notre route, par terre; le

S 5

lendemain nous arrivâmes à *Cantorberi :*
l'hôtel du lion verd fut l'auberge que
nous choisîmes : le befoin que nous
avions de nous repofer, nous détermina
à fouper de bonne heure : nous n'en
étions pas encore au rôt, que notre
hôte vint nous demander la permiffion
de placer à notre table un *baron Alle-*
mand qui venoit d'arriver. Dans un
pays où l'affabilité ne regne point, tous
les étrangers fe croient de la même
patrie ; le *comte* fe leva, & fut lui-
même au devant du *baron Vaéouk* (on
lui apprit que l'Allemand fe nommoit
ainfi), & le fit plàcer à côté de moi.
La converfation roula fur la France :
on a beau quitter à regret cet heureux
climat, ceux qui le fuient reffemblent
aux pélerins de *la Mecque,* leurs regards
fe tournent encore fur le tombeau du
prophete, long-temps après qu'ils l'ont
quitté. Le *baron* parloit notre langue
avec la pureté d'un Allemand de condition, inftruit de notre gouvernement,
de nos ufages & de nos loix : il connoiffoit la France mieux que ceux qui
y étoient nés. Quoiqu'on verra dans
peu que le prétendu *baron* n'étoit rien
moins que ce qu'il vouloit être, on ne

doit pas être étonné de voir un Allemand mieux informé de nos mœurs que
nous-mêmes : cette nation savante &
polie ne voyage que pour s'éclairer ;
les François qui courent le monde,
n'ont d'autre objet que de se rendre
singuliers, en tournant tout en ridicule.

L'*Album* d'un Allemand sensé est un
livre instructif ; celui d'un François est
un libelle scandaleux : l'un parle des
mœurs, des religions & des usages des
peuples qu'il a vus : l'autre ne cite que
des *Caillettes* qui se sont déshonorées
avec lui. Quittons ces remarques, &
revenons à *Vadouk*. Les yeux continuel-
lement fixés sur lui, j'y cherchois une
ressemblance que j'aurois peut-être
trouvée, si, malgré la pureté avec laquelle il parloit, je n'avois démêlé un
reste d'accent Germanique, qu'on ne
perd que lorsqu'on s'est adonné de
bonne heure à la langue Françoise :
d'ailleurs, *Vadouk* buvoit beaucoup ;
& celui pour lequel j'aurois voulu le
prendre, ne connoissoit pas le vin. Ces
idées auxquelles mon repos même n'auroit pas voulu que je m'arrêtasse, dis-
parurent ; & je me levai de table sans

S 6

avoir le moindre foupçon. Le *comte*, qui avoit voyagé en Allemagne, crut obliger le *baron*, en amenant la converfation fur fon pays. *Vactouk* parut peu inftruit, & mon mari qui ne condamnoit pas aifément, me dit après que l'étranger fut retiré, qu'il le croyoit un de ces aventuriers qui appuient une naiffance imaginaire fur beaucoup d'adreffe & d'effronterie. Je m'oppofai à ce fentiment, & j'ignorois pourquoi. Etoit-ce l'effet d'une indulgence naturelle attachée à mon fexe? étoit-ce?.... Ah! je n'en apprendrai que trop tôt le motif.

Nous nous couchâmes, & le lendemain nous partîmes pour *Londres*, où nous arrivâmes à l'entrée de la nuit. Le *comte*, qui avoit fait quelques féjours dans cette capitale de l'Angleterre, prit le même hôtel qu'il avoit occupé précédemment. L'étranger qui nous avoit fuivi, fans que nous nous en apperçuffions, fe trouva logé avec nous: les foupçons du *comte* augmenterent, & j'avoue que je commençai à pencher du côté de mon mari.

Vactouk vint le lendemain nous faire une vifite: je ne fais quels fentiments

le froid avec lequel nous le reçûmes,
lui inspira; mais nous fûmes quatre
jours sans l'appercevoir. *Courmont*,
dont j'ignorois encore l'attachement
pour la femme du lord *Robinson*, dont
j'ai dit un mot au commencement de
cette derniere partie de mes Mémoires,
sortit sans nous. Pendant les quatre
premiers jours de notre arrivée, inquiet
& rêveur, il rapportoit dans sa maison
une agitation qui paroissoit d'autant
plus vile, qu'il vouloit la cacher. *Sophie*
qui l'aimoit, lui demanda la cause de
son chagrin. Il eut la foiblesse de lui
confier sa passion pour une femme qui
l'avoit abandonné; & mon amie qui
connoissoit ma façon de penser, ne
balança pas à me rendre cette confi-
dence. C'étoit la seconde fois que j'en-
trois dans les secrets du *comte*; & je
me rappellois que c'étoit dans le sein
de son épouse, qu'il avoit déposé son
amour pour la *Lecouvreur*; mais je
n'en avois point été effrayée. La passion d'un honnête homme pour une
fille de spectacle, est un délire qui com-
mence avec la nuit, & que le jour dis-
sipe: la constance gêneroit ces sortes
de filles, parce qu'elle les empêcheroit

de remplir les engagements que leur état les oblige de prendre avec le public.

Le *comte* docile abandonna la *Lecouvreur*, qui s'en confola dans les bras d'un homme qui ne lui préparoit une nouvelle infidélité que pour l'amener à une confolation plus prompte. On penfe différemment avec ce qu'on eft convenu d'appeler dans le monde, *une femme d'une certaine façon :* fes caprices nous attachent à elle, & fon infidélité ne nous rend que plus tendres. C'étoit là la pofition du *comte :* amant heureux de milady *Robinfon*, il n'avoit quitté *Londres* qu'à regret, parce qu'il y laiffoit une femme adorable, qui lui avoit juré une conftance éternelle, qu'elle croyoit peut-être lui garder alors. Le chevalier *Opton*, jeune Anglois, que j'aurai occafion de peindre ailleurs, étoit alors attaché à *milady* ; & *Courmont* qui redoutoit un rival dangereux, s'étoit lié avec *Opton*, qu'il vouloit rendre amoureux de *Sophie*. Le *chevalier* devint fenfible : mais, pour qui ?.... Pour une femme qui l'adoroit, & qui a fait le malheur de fes jours.

Le *comte* revenu de fon premier

trouble me préfenta chez Milady *Ro-binfon*, & dans quelques autres mai-fons, où je trouvai autant de politeffe & plus de décence qu'en France. L'Al-lemand que nous n'avions pas revu re-vint fur les rangs, & je ne fus jamais fi étonnée que de me trouver à table à côté de lui chez la comteffe *Cécile*. Mon mari qui n'avoit point perdu fes foup-çons, prit le comte en particulier, lui demanda s'il connoiffoit cet étranger : moins que vous, reprit *Cécile* ; mais affez pour l'eftimer ; ces paroles inté-refferent Courmont, qui brûloit d'im-patience de fortir de table pour déve-lopper l'énigme de Cécile ; ce mo-ment arriva, mais *Miff Robert* s'empara de *Vactoux*, & mon mari ne put fe fatisfaire ; Cécile qu'il preffa en vain ne voulut pas en dire davantage ; l'Al-lemand fortit avec *Miff Robert* & quel-ques autres dames, & le comte qui alla joindre Milady *Robinfon*, nous laiffa la liberté d'exécuter, la comteffe & moi, le projet que nous avions fait de nous promener fur les bords de la Tamife ; *Sophie*, qui étoit indifpofée, depuis quelques jours, ne fortoit point de fa chambre ; notre promenade fut pouffée jufqu'à l'entrée de la nuit ; la comteffe

que le ferin avoit incommodée , fe retira , & je me rendis à mon hôtel. *Sophie*
me remit une lettre fur laquelle je ne
vis ni timbre ni chiffre ; le caractere
qui me parut trop foutenu pour être
celui d'une femme , me mit dans le cas
de l'examiner de plus près : quel fut
mon trouble en reconnoiffant la main
du chevalier de Nalbour ; indécife fur
le parti que j'avois à prendre dans une
circonftance auffi critique ; fans penfer
où Nalbour pouvoit être dans ce moment , je pris la réfolution de remettre
la lettre cachetée à Courmont ; réflé-
chiffant après fur cette démarche , je
la trouvai trop hafardée ; une femme
prudente ne doit jamais compromettre
fon mari , c'eft une fauffe vertu que de
confier à un époux les fentiments qu'on
a pour nous ; la fageffe n'a pas befoin de
fecours étrangers , elle fe fuffit à elle-
même. Un parti plus raifonnable fuivit
cette premiere idée , & je brûlai la lettre de Nalbour , fans avoir la curiofité
de la lire , mon mari entra moins ému,
mais pas plus gai qu'à l'ordinaire ; il
me demanda fi je favois quel homme
étoit mafqué fous le baron de Vactouk ,
& fans attendre ma réponfe , il me
nomma le chevalier de *Nalbour* ; il y a

une demi-heure, répondis-je, que ce
secret n'en est presque plus un pour
moi ; l'auriez-vous reconnu, demanda
le comte ? non, repliquai-je ; mais j'ai
dans l'idée que Nalbour vouloit lui-
même s'ouvrir à moi, puisque je viens
de brûler à l'instant une lettre qu'il
m'avoit adressée : eh, que disoit cette
lettre, repartit le comte : brûlée sans
avoir été lue, j'ignore ce qu'elle con-
tient, repris-je, mais je vous conseille
de voir Nalbour, & d'apporter les soins
que votre amitié lui doit, pour le gué-
rir d'une passion malheureuse. Le comte
accoutumé à me voir sincere, demanda
au portier si le baron de Vactouk étoit
rentré ; *Nalbour* qui l'entendit, le pria
de monter ; Courmont arriva dans la
chambre de cet ami malheureux, qui
lui parla en ces termes ,, Vous savez
,, mon secret, il n'est plus temps de
,, me déguiser à vos yeux, ma maigreur,
,, mon habillement étranger, joint à
,, l'accent Allemand que j'ai toujours
,, imité, vous ont trompé à *Cantorbery*,
,, & votre erreur qui ne s'est point dis-
,, sipée à Londres, m'a fait hasarder
,, cette après-midi une lettre à la com-
,, tesse, à qui je dévoilois un mystere

„ qu'il étoit important que je vous ca-
„ chasse ; ma lettre est respectueuse ;
„ *Miss Robert* , avec laquelle nous avons
„ dîné, l'a dictée elle-même ; j'ignore
„ quelles impressions elle a pu faire sur
„ le cœur de madame de Courmont ;
„ mais je sais que las d'être le jouet
„ d'une passion que je déteste , & qui
„ m'a tiré d'un asyle où je comptois
„ trouver le bonheur qui me fuit , à la
„ veille de l'instant terrible qui devoit
„ pour jamais m'arracher à la retraite ,
„ l'image de la comtesse s'est présentée
„ à mes yeux , telle qu'ils la virent
„ quand, ne vous connoissant pas encore,
„ elle parut sensible ; frappé de ce ta-
„ bleau , j'ai perdu dans un instant les
„ fruits d'une année de méditation ; je
„ sortis de la *chartreuse* , & après avoir
„ rendu à l'envoyée de la religion , la
„ croix que je n'avois pas encore quittée,
„ je partis pour *Dijon* , où ayant appris
„ ce que vous étiez devenu , j'ai vendu
„ tous mes biens pour venir vous join-
„ dre à Paris ; le jour de mon arrivée
„ fut celui de votre départ ; mon la-
„ quais qui m'avoit précédé , vous avoit
„ retrouvé à la rue de Tournon , où
„ vous demeuriez l'année précédente ,

„ & il avoit été informé affez à propos
„ de votre départ, pour prendre, même
„ fans que je lui ordonnaffe, les me-
„ fures néceffaires à l'exécution du def-
„ fein que j'avois formé de vous fuivre ;
„ je vous rejoignis à Lille dans le temps
„ même que vous y arriviez ; votre
„ voyage de Londres, qui n'étoit pas
„ un myftere, ne me laiffa pas douter
„ que vous fuiviez la route de Calais ;
„ je pris les devants, & mon efpoir ne
„ fut point trompé, quand je vous re-
„ connus tous les deux au moment de
„ votre embarquement : le paquebot
„ du courrier dans lequel j'entrai, ar-
„ riva à *Douvres* une heure après le petit
„ bâtiment fur lequel vous étiez monté ;
„ je pris, ainfi que vous, la route de
„ *Cantorbery*, je vous fuivis à Londres,
„ où le comte Cécile, que j'avois connu
„ à Naples, me reçut avec beaucoup de
„ confidération : vous favez le refte de
„ mon aventure, & vous me permet-
„ trez de vous la taire, à une circonf-
„ tance près, qui me flatte trop pour
„ être ignorée ; je n'ai plus qu'un fond
„ d'eftime, de refpect pour madame de
„ Courmont ; fon amie, depuis trois
„ jours, jouit de toute ma tendreffe, ac-

„ cordez- la moi , *Comte* , ma lettre la
„ demandoit ; peut-être déterminé à
„ me la réfuser allez- vous penfer que
„ c'eft un prétexte dont je me fers pour
„ feconder mon amour , en trahiffant
„ l'amitié : vous vous trompez , & fi
„ vous m'examinez jufques dans mes
„ écarts , vous verrez que je fuis inca-
„ pable d'une perfidie ; la raifon m'a
„ éclairé fur une paffion que rien ne
„ pouvoit légitimer , je me rends à fa
„ voix , mais l'amour qui me pourfuit ,
„ me livre à un nouvel objet , puiffe- t-
„ il me rendre plus heureux qu'avec la
„ *comteffe.*

Mon époux prévenu pour Nalbour ,
en faveur de la fincérité qu'il lui connoiffoit , me l'amena ; j'avoue que fa
préfence m'infpira des fentiments que
j'aurois voulu ne point fentir ; je crai-
gnois que des feux peut-être mal éteints,
ne vinffent jeter un nouveau trouble dans
mon ame , & ne me rendiffe plus malheureufe encore que coupable ; je rou-
gis à l'afpect du chevalier , & fon émotion , dont je voulois être la caufe ,
même en le redoutant , m'inquiétoit :
préfentiments dangereux , s'ils euffent
été effectués , & mortifians , parce

qu'ils ne l'étoient point! Nalbour fut
annoncé par le comte, tel qu'il l'avoit
exigé, en se déclarant pour *Sophie*;
l'aveu m'étonna, sans me faire naître
des idées fausses; je connoissois le caractere du chevalier, & nul événement
ne pouvoit le déterminer à une four-
berie; il méprisoit ces hommes odieux,
qui croient qu'il est permis d'être faux
pour être heureux, s'il est vrai qu'on
puisse goûter le bonheur quand on ne
le doit point à la délicatesse. *Sophie*
pressée par *Courmont* de se décider, répondit en fille aux instances qu'on lui
faisoit; c'est-à-dire qu'elle se défendit
assez vivement, pour faire juger qu'elle
desiroit un engagement qu'on ne veut
fuire que pour obéir à l'usage. Devenue
l'amie du seul amant qui m'avoit été
cher jusqu'alors, j'avouerai que j'eus des
combats secrets à essuyer, pour voir de
de sang froid Nalbour attaché à Sophie,
qui me paroissoit l'aimer véritablement;
quinze jours après cette première entrevue, le mariage de ces deux amants
fut célébré dans la chapelle de l'embas-
sadeur de France, & Sophie, à qui mon
amitié a toujours conservé ce nom, fit
le bonheur d'un époux digne d'elle;

quel éloge pour Nalbour ? quelle tranquillité pour moi ? heureux inftant que
ne duriez-vous toujours !

Courmont rendit *Mylady Robinfon* in-
fidele , ou pour mieux dire, il le ramena
à fes premiers fentiments , le chevalier
Opton dont le cœur avoit prévenu l'in-
conftance de Mylady, fe confola aifément d'un abandon qu'il avoit préparé,
& fes vœux fe tournerent vers moi ; paffion malheureufe qui n'a porté que trop
d'atteinte à un cœur vertueux !

Née tendre , je m'étois plus d'une
fois laiffée emporter par ces mouve-
ments impétueux qui regnent fur un
cœur ; fi jufqu'ici mes devoirs n'en
avoient point été altérés , j'avois
toujours à craindre qu'habituée dans
une paffion qui me plaifoit , je n'ou-
bliaffe des fentiments qui me font im-
périeux que fur une ame maîtreffe d'elle-
même , & devois-je efpérer cette douce
fituation avec l'homme le plus aimable ?

Opton , indépendamment d'une figure
avantageufe , étoit fait pour plaire :
affez heureux pour joindre aux vertus
de fa nation les talents agréables de la
nôtre , il n'avoit ni la fierté Angloife,
ni la fatuité d'un François , favant,

quoiqu'homme de condition, poli, malgré les avantages qu'il réunissoit, il
avoit un caractere égal ; son humeur
variée selon les circonstances, étoit
toujours accommodée aux personnes,
& la supériorité de son mérite, ne jetoit
point sur ses manieres cette dureté si
commune aux hommes à prétentions :
tel est le vainqueur que j'avois à redouter : prévenue pour le chevalier avant
de le connoître, je ne l'aimai que trop,
quand il se montra à mes yeux avec les
qualités estimables dont il étoit rempli.

Courmont incessamment occupé par son
amour pour *Mylady Robinson*, laissoit
un champ ouvert à son ami, car *Opton*
étoit très-fort le sien, & j'ai toujours
remarqué depuis, que ces amis-là deviennent amants dangereux. *Sophie* à qui
j'avois caché mon goût pour le chevalier, s'en défia, & sa complaisance
voulut l'approuver ; mais l'illusion qui
m'occupoit, ne régnoit que sur mes
propres sentiments, & je ne m'aveu-
glois pas sur les suffrages de l'amitié :
Opton livré tout entier à son penchant,
ne s'étoit que trop apperçu des impressions qu'il faisoit sur moi ; mais assez
délicat pour ne pas desirer un de ces

triomphes prompts , qui , en aviliffant
le goût , ne fervent qu'à l'éteindre , il
ne faifoit parler que le fentiment ; & je
ne fais fi cette façon d'aimer ne fubju-
gue pas plus aifément une honnête
femme , que ces détours adroits que les
hommes empreffés ne mettent en ufage
que lorfqu'ils fe défient d'eux. La figure
arrête les regards d'une coquette , & des
mots fuffifent pour affurer fa défaite ,
mais il faut d'autres armes pour vaincre
quelqu'un qui fait penfer , & fi la réfiftance eft plus longue , le triomphe n'en
eft que plus durable & plus flatteur.

Il y avoit près de trois mois que je
voyois le chevalier ; ma fincérité n'avoit
pu lui cacher que fa fociété m'étoit
chere ; & dire à un amant qu'on fe plaît
à s'entretenir avec lui , n'eft-ce pas lui
perfuader qu'on l'aime ; je crois même
que je portai les chofes jufqu'à avouer à
Orton que je l'eftimois , mot ufé dont
les femmes font toujours les dupes ,
parce qu'il décele une paffion qu'elles
croient voiler. Tranquille cependant ,
malgré qu'on fe crût aimé , je n'avois
eu à effuyer aucune de ces attaques
violentes dont le cœur peut fe défier ,
même en les fouhaitant ; j'ofe me flatter
quelquefois

quelquefois que le chevalier, à qui la
vertu étoit chere, savoit la confidérer
jusques dans son amante, & je me savois
bon gré de m'être attachée à un homme
assez respectable pour estimer une femme qui l'aimoit. Le printemps arriva,
c'est le temps où *Londres* est presque
désert ; l'odeur dangereuse du charbon
qui infecte cette ville, contraint tous
les gens aisés de se retirer à la campagne. Mon mari qui avoit projeté de
passer la belle saison dans la maison de
Mylady, m'en loua une à trois milles
de *Londres*, située sur les bords de la
Tamise, elle formoit le plus joli coup-
d'œil, *Sophie* & son époux qui m'y ac-
compagnerent me mirent dans le cas
d'inviter *Opton* à y venir avec nous,
mais le comte qui l'avoit prévenu,
m'avoit sauvé une politesse embarras-
sante dans la position où je me trouvois.
Nous partîmes tous les quatre. Ce fut là
que le chevalier se persuadant que mon
amour étant au comble, il ne s'agissoit
plus que de couronner le sien ; plus vif
& plus empressé qu'il n'avoit paru jusques là, il fallut connoître toute la force
du devoir pour pouvoir lui résister. Cent
fois prête de me rendre, j'en desirois

l'inftant, mais la réflexion qui le précédoit venant heureufement à mon fecours, diffipoit des idées féduifantes,
pour ne rien dire de plus. *Opton*, qui
n'ignoroit pas qu'un amant qui par im-
patience quitte l'objet qui l'avoit fixé,
n'eft pas digne d'en être aimé, avoit
penfé qu'il devroit à l'importunité le
bonheur de me fléchir, & abandonné
abfolument à cette idée, il redoubla fes
inftances, & il n'en devint que plus
malheureux ; fi les obftacles irritent la
paffion, les refus d'une amante pro-
duifent un effet tout oppofé, & las de
ne rien obtenir, fatigué d'efpérer,
l'homme le plus épris quitte bien-tôt
l'objet qui l'avoit enchanté. Voilà le
caractere général des hommes, mais le
chevalier ne leur reffembloit que par
leurs vertus. Senfible & conftant tout-
à-la-fois, il favoit refpecter fes goûts,
& celle qui les lui avoit infpirés, & fi
depuis mes refus réitérés je l'avois vu
encore quelquefois emporté au delà de
lui-même, ce n'étoit que dans ces
inftants de délire rarement dangereux
pour une femme qui réfifte.

Mylord *Robnon*, qui s'étoit acquis
les vœux de fes concitoyens, & l'eftime

de son maître, venoit d'être nommé
Ambassadeur en Hollande ; *Mylady* qui
fut obligée d'accompagner son mari à
la Haye, laissa le *Comte* dans une situation accablante, qui me le ramena. Je
ne fus pas surprise de le retrouver entre
mes bras, il m'avoit accoutumé à le
consoler des infidélités qu'on lui faisoit ;
son séjour à la campagne dura peu, &
le prétexte d'une tragédie nouvelle le
conduisit à *Londres*, d'où il revint quelques jours après avec *Miss Otvvai*, cou-
sine du chevalier *Opton*, qu'il avoit
connue à son premier voyage d'*Angleterre* ; *Miss Otvvai* conservoit dans le
printemps de son âge toutes les graces
de la jeunesse ; coquette par goût, elle
aimoit à plaire, & toujours sensible,
elle ne plaisoit pas long temps. *Courmont* jadis enchaîné à son char, venoit
de rentrer dans ses fers, *Miss Otvvai*
s'en applaudissoit, & osoit même quelquefois, en ma présence le menacer de
ses mépris, s'il redevenoit infidéle ;
cette premiere singularité m'auroit frap-
pée sans doute, si prévenue sur le caractere de cette femme, je n'en avois at-
tendu bien d'autres bizarreries. Persuadée
que son cousin m'aimoit, elle voulut

T 2

agir en parente , & ne pouvant le servir efficacement elle même ; elle eut recours à mon mari qu'elle pria de me presser de rendre le *Chevalier* heureux , le *Comte* eut la foiblesse de donner sa parole , & la lâcheté de la tenir ; c'est alors que cessant de reconnoître mon mari dans *Courmont* , je ne voyois plus en lui qu'un monstre odieux, digne de toute mon horreur ; quand j'ose encore me rappeler que le *Comte*, oubliant son honneur & le mien , me vantoit Opton comme *un galant homme auquel il souhaitoit que je m'attachasse*... des pleurs répondirent seules à ce discours injurieux , mais *Courmont* , devenu insensible , me quitta en me pressant de de *m'arranger ;* toujours plus indignée de ce nouveau propos , j'avois pris le dessein de retourner dans ma patrie, sous le prétexte d'y veiller à la santé de mon fils qui venoit d'être attaqué de petite vérole , & je l'aurois sûrement exécuté, si le *Chevalier* , dans le sein duquel je déposai mes chagrins , ne m'eût sauvé le danger en s'éloignant. *Miss. Otvvai*, que je ne voyois plus qu'avec indignation , s'apperçut de mes dédains , & ce fut pour ne pas y être ex-

posée plus long-temps ; qu'elle prit la
route de *Cantorbery*, où mon époux
l'accompagna. La derniere scene que
Courmont avoit faite , m'avoit indignée
contre lui , & je le voyois partir sans
regret : un mari jaloux , disois-je , est
un tyran qui cherche le supplice de ses
jours , dans les chagrins de son épouse ;
mais quelque dangéreux que soit cet
homme n'est-il pas préférable à un lâche complaisant qui veut établir la honte
de la femme sur les débris de son honneur ? Ah , ciel ! continuai je , il est
donc de ces maris indignes , qui , non
contents de laisser à leurs épouses une
liberté dont elles abusent, s'avilissent
encore par des vils conseils qui offensent sa probité & la décence. Quand je
me rappelois quel étoit le *Comte* en
France , & quel je le voyois en *Angleterre* , je ne pouvois me persuader qu'il
fut le même homme ; seule avec *Sophie*
& *Nalbour* qui l'aimoit toujours plus
tendrement , je trouvai dans ces deux
amis les consolations dont ma situation
avoit besoin; sensible à l'outrage que mon
mari m'avoit fait , plus encore qu'à
l'absence du *Chevalier* , j'attendois avec
inquiétude qu'un caprice arrachant *Cour-*

T 3

mont des bras de *Miss Otwvai*, la ramenât en *France* : devois-je prévoir, en faisant ces vœux, que le *Comte* ne reverroit jamais sa patrie ? *Opton* instruit du départ du *Comte* pour *Cantorbery*, me fit demander par *Nalbour* la permission de revenir à la campagne ; je balançai sur le parti que j'avois à prendre, mais balance t-on long-temps avec l'amour ? J'écrivis moi-même au *Chevalier* que je le verrois avec plaisir. Un de mes gens que je chargeai de cette lettre, fut à peine parti, que réfléchissant sur la démarche que je venois de faire, j'envoyai un coureur pour donner contre ordre au laquais qui alloit à *Londres*, mais il n'étoit plus temps, & le *Chevalier* étoit à mes pieds avant le retour du coureur. Irrité de le voir malgré mes ordres que je croyois d'abord qui lui étoient parvenus, je ne lui parlai qu'après qu'il se fut justifié, mais que dis-je, ô ciel ! Je portai l'épouvante dans son cœur désolé & je le réduisis à un désespoir funeste, en lui ordonnant de retourner sur le champ à la ville. Vous me défendez de vous voir, dit *Opton*, est-ce ainsi qu'on traite un galant homme qu'on estime ? Oui, repris-je, quand

la gloire se joint à ce premier sentiment
& qu'on veut remplir ses devoirs.
dévoirs cruels, repartit le *Chevalier*,
n'êtes-vous faits que pour accabler un
malheureux ! *Sophie* qui s'intéressoit envain au sort d'*Opton*, ne put me fléchir, & il fut contraint de retourner
à *Londres*. J'ignore si cette action prendra
chez les femmes, mais je sais que c'est celle de ma vie qui m'a le plus coûté ; le
Chevalier étoit aimable, vertueux, je
l'adorois, & maîtresse de le voir, j'ai
pu l'éloigner, concevra-t-on ce sacrifice?
je ne sais s'il est commun, mais je sens
encore qu'il est pénible. *Opton* absent ne
rendit pas mon ame plus tranquille, son
image sans cesse présente à mes yeux,
me présentoit le plus aimable des mor-
tels, & je ne pouvois le voir sans rougir,
je veux dire sans sentir cette émotion
qui trouble l'ame même en l'agitant.

Le *Chevalier* éloigné de son amante,
régnoit toujours auprès d'elle ; *Sophie*
dépositaire de ses secrets, me juroit
pour lui un amour éternel ? sensible
aux vœux d'*Opton*, mais attachée in-
violablement à mes devoirs, j'aurois
été fâchée qu'il ne m'aimât pas, lors
même que je protestois que je ne ré-

pondrois jamais à sa flamme; étoit-ce
vanité, non, ce sentiment m'auroit
rendu fausse, & j'aurois été humiliée
en affectant de paroître ce que je n'étois
point; l'inclination faisoit tout, mais
la raison lui commandoit. L'hyver me ramena à la ville dans le temps même
qu'une affaire de famille obligea *Nalbour*
de se rendre en *Bourgogne*; jamais séparation ne fut si tendre, jamais elle
ne m'arracha plus de larmes: sans époux,
sans amis, que devenir dans un climat
étranger, ou je n'avois pour ressource
que la société d'un homme que j'aimois
assez pour le craindre.

Philosophe au sein de *Londres*, je
m'attachai à connoître les auteurs; l'é-
tude que j'avois faite à la campagne,
de la langue Angloise, m'avoit mise
dans le cas de lire tous les ouvrages
qui avoient paru dans cette langue qui
étoit à peine connue en *France*. Ces
temps d'ignorance ne sont plus; on ne
voit par-tout que des especes d'auteurs
qui se piquent d'entendre l'Anglois
qu'ils traduisent dans leur langue qu'ils
ne savent pas parler. Considérez chez
le peuple des littérateurs, comme des
hommes extraordinaires, on est convenu

d'avoir pour eux cette vénération ridicule, dont jouissent tous les êtres étrangers : quelque François se sont établis
une sorte de réputation ; sur le prétendu
mérite d'une traduction ; admis dans le
le sanctuaire des Muses, ils ont bien-
tôt oublié qu'ils ne devoient leur gloire
qu'à un maître de langue. L'auteur qui
publie mes mémoires, a parlé des tra-
ductions dans un ouvrage qui vient de
paroître (1), & lorsqu'il a dit qu'il y
avoit peu de mérite à traduire, il n'a
pas prétendu qu'on devoit dénigrer tous
les ouvrages qui sont portés d'une langue dans une autre. Un traducteur doit
tenir dans la littérature le rang qu'un
colporteur occupe dans la librairie ; un
homme qui n'a pas le talent de penser
mérite toujours quelques égards pour
nous faire appercevoir ce que les autres ont imaginé. (2)

_____

(1) Essai historique sur la maniere de juger des
hommes.

(2) On ne prétend, encore un coup, parler ici
que de ces hommes qui ne savent que traduire,
tel qu'étoit *Dacier* ; ceux qui pensent & qui traduisent avec choix, méritent des éloges. On estime M. *l'abbé Prévost*, M. *de la Place*, & quelques autres.

T 5

Le *Chevalier* que je ne voyois plus
chez moi, n'en étoit devenu que plus
amoureux, mais obligé d'expier l'imprudence de mon mari, il vivoit malheureux, parce qu'il étoit éloigné de
l'objet de fa flamme. Milady *Sidney*,
dont j'avois fait la connoiffance à la
campagne, tenoit maifon, & *Opton*
qui lui étoit attaché par une amitié très-
étroite, ne la quittoit point, fur-tout
depuis ma liaifon avec Mylady *Sidney* :
convaincu de mon amour pour lui, il
ne pouvoit concevoir comment je lui
réfiftois, & plus étonné encore du refus
que je faifois de le recevoir, il voulut
éprouver mon caractère, en feignant de
tourner fes vœux vers Mylady *Sidney* :
celle-ci qui étoit d'intelligence avec le
chevalier, joua la tendreffe, & mon
cœur timide fut la dupe de ce projet ;
je devins jaloufe, & je juftifiai par-là
que le caprice & la légéreté n'avoient eu
aucune part aux fentiments dont j'étois
pénétrée pour *Opton*. *Mylady* qui étoit
fon amie, on ne peut d'avantage, écri-
voit au chevalier qui répondoit fort tendrement, & ces lettres me parvenoient
par une artifice groffier dont j'étois toujours la victime, le véritable amour eft

crédule, celui qui est défiant est moins
fincere. *Opton* qui ne manqua pas de
s'appercevoir de mes inquiétudes, ne
travailla qu'à les augmenter ; de concert
avec *Mylady*, ils se faisoient un plaisir
de mes agitations ; j'avois beau vouloir
excuser le chevalier sur les dédains & les
mépris affectés que je n'avois cessé de
lui marquer depuis son départ de ma
campagne, une femme piquée n'excuse
rien, outragée même, lorsqu'elle of-
fense, elle veut punir quand elle a des
torts ; ces idées qui m'emportoient,
me firent une illusion si preffante,
qu'elles me livrerent à une démarche
dont je devois rougir : de penferiez vous,
Madame, ou pour mieux dire, pour-
rez vous en douter quand vous connoî-
trez le cœur humain ? j'écrivis à *Opton*
que je priai avec aigreur de se rendre
chez moi à la réception de mon billet.

Le *chevalier* qui ne put douter que
son manége avec mylady, *Sidney* n'avoit
fait effet, obéit promptement à mes
ordres : j'étois à ma toilette quand il
entra, mes femmes, qui virent mon
trouble, se retirerent, & feule avec
Opton je lui ordonnai de fortir. Le *che-*
valier, consterné de ce propos, étoit

T 6

déjà à la porte de mon cabinet , lorfqu'abandonnée à des tranfports furieux ,
je le rappelai : je ne fçai que trop , lui
dis-je, pourquoi vous me fuyez, perfide!
ce n'étoit pas affez de m'abandonner
dans le temps que vous me deveniez le
plus cher , dans le temps où , regnant
en fouverain fur mon cœur , vous pou-
viez faire le bonheur de ma vie , du
moins en ne me méprifant pas ; ce
premier outrage ne fuffifoit point à vos
projets , il falloit joindre la barbarie à
l'ingratitude , en me facrifiant à une
femme , que vous n'avez fans doute
aimée , que pour mettre le comble aux
malheurs de ma vie : allez , fuyez une
amante trop infultée pour vous par-
donner ; effayer de vous juftifier , ce
feroit vous rendre plus coupable encore.

Le *chevalier* , dont l'étonnement aug-
mentoit à chaque mot , ne put tenir à
un propos que j'avois la foibleffe de
croire jufte alors , & en me demandant
fi c'étoit bien à lui que mon difcours s'a-
dreffoit , il ne fit qu'aigrir ma douleur :
ofez-vous , continuai-je toujours fur un
ton de reproche, qui , tout injufte qu'il
eft , flatte ceux contre lefquels on l'em-

ploie ; ofez-vous bien, ingrat, douter
de la perfidie la plus affreufe, & mylady *Sidney*...... mais quand il feroit
vrai, repartit *Opton*, que j'aimaffe
mylady, quels reproches feriez-vous en
droit de m'en faire, vous qui m'avez dé-
fendu jufqu'au plaifir de vous voir chez
vous ? on n'eft inconftant que lorfqu'on
eft aimé, ai-je jamais pû l'être ? Et oui,
repris-je, en adouciffant ma voix, &
en jetant fur le *chevalier* un regard de
tendreffe, qui n'exprimoit que mieux
les fentiments de mon cœur ; oui, *Opton*,
vous êtes aimé, Ah, ciel ! s'écria le
chevalier, hors de lui-même, rien n'eft
comparable au plaifir que cet aveu me
fait, de grace, adorable *comteffe*, dai-
gnez me le répéter encore ? *Opton* à
mes genoux, jouiffoit de la douceur
de s'entendre dire qu'il étoit aimé ; &
cette déclaration, qu'il attendoit peu
dans ce moment, mettoit le comble à
fes vœux : trop heureux alors de fe
renfermer dans les bornes d'un fentiment délicat, *Opton* ne défiroit que
l'agrément de refter à mes pieds, & je
n'en étois que plus à mon aife ; il y a
des circonftances critiques qu'une femme
furmonte fouvent moins par fa propre

vertu , que par la timidité ou la mala-
dreffe d'un amant. *Opton* étoit encore à
mes genoux, lorfque mon mari entra, le
chevalier que ce contre-temps embar-
raffoit , voulut fe lever, mais le *comte*
courant à lui, exigea qu'il fe tînt en
place , & nous forçant de refter tous les
deux dans l'atitude où nous étions , il
demanda à *miff Otvvai*, qui le fuivoit ,
fi la pofition n'étoit pas charmante.
Après ce préliminaire *Courmont* me
félicita fur ma verfion d'honneur, le *che-*
valier, me dit-il , eft auffi aimable
qu'un François , & vous avez bien fait
de l'écouter : *miff Otvvai* mêla fes im-
pertinences à ce propos indécent , &
je devins le jouet de ces deux étourdis.
Opton , que les mauvaifes plaifanteries
de mon mari avoient excédé , fortit ;
celui-ci voulut le retenir par de nouvelles railleries, le *chevalier* indigné re-
garda fierement mon mari, & les chofes
auroient été fans doute portées plus
loin , fi un de mes regards n'eût arrêté
Opton qui rentra dans fon caractere , &
prit congé de nous avec une politeffe
tranquille, qui ne laiffa pas même des
foupçons. Seule avec *miff Otvvai* &
Courmont , je n'en fus pas mieux, les

bons mots recommencèrent, & je me
vis pour le reste de la journée en butte
à des propos odieux.

On servit peu de temps après, & la
conversation roula sur Cantorbery, dont
on ne cessa de nous vanter les charmes :
la prudente *miss Otvvai* n'oublia pas sur-
tout ceux qu'elle avoit goûtés avec le
comte ; il est des femmes à qui rien ne
coûte que la décence. Vous ne devi-
neriez jamais, disoit *miss Otvvai*, que
toute esclave que je sois des plaisirs, je
n'en goûte plus depuis près de huit
jours, & à moins que mon imagination
ne me fournisse dans peu quelques nouveaux amusements, je prendrai congé
de vous. Ce compliment, qui ne flattoit
pas beaucoup *Courmont*, ne fit que l'é-
gayer, & après un déluge de bons mots
sur une matiere qui paroissoit n'avoir
été placé là que pour faire briller l'esprit du couple amoureux, on se retira.

Miss Otvvai à qui il ne manquoit,
pour se perdre entierement, que de
rendre ses idées publiques, fit insérer
dans les gazettes cet avis.

,, Miss Otwai a trente-six ans, &
,, les hommes, qui ne sont pas prévenus,
,, ne lui en donneroient que vingt-cinq,

„ elle a de l'agrément dans la conver-
„ fation , & mille autres qualités fort
„ eftimables , dont il n'eft pas queftion
„ de parler ici ; avec tous ces avan-
„ tages miff Otwai s'ennuie , parce
„ qu'elle croit avoir épuifé tous les plai-
„ firs, elle promet 100 guinées au pre-
„ mier étranger , dont les idées vives
„ pourront imaginer quelques amufe-
„ ments finguliers , fi l'inventurier eft
„ citoyen , elle lui donne fa main :
„ cette annonce eft un contrat en
„ forme.„

Je reconnus *miff Otwai* à ce trait de
folie ; mais ce qui le fuivit jeta plus de
furprife dans mon cœur ; huit jours fe
pafferent fans qu'elle eût trouvé ce
qu'elle defiroit ; ce n'eft pas qu'il ne fe
préfentât un grand nombre de gens
qui prétendoient récréer les fens de *miff*
Otwai , en lui faifant goûter des agréments dont l'idée même lui avoit été
inconnue jufqu'alors : des poëtes em-
phafés venoient lui réciter des tragédies
extraordinaires , où des princeffes
Grecques difputoient de poumons pour
faire ronfler des vers durs , auffi étrangers à leur fituation qu'aux mœurs de
leurs fiecles. *Miff Otwai* qui ne trouvoit

dans ces tirades que l'ennui de l'uni-
formité, congédioit les poëtes, & ne
faisoit pas un accueil plus favorable à
tous les autres originaux, qui avoient
osé le persuader qu'ils l'amuseroient.
Certaine d'avoir tout vu, *miss Otwai*
écrivit à *Courmont* le billet suivant.

*J'ai assez vécu, monsieur le comte,
consultez votre cœur, & soyez Anglois;
Adieu.*

Je pris ce second billet pour un
nouveau trait de folie, mais je ne
pensois point qu'il pût annoncer celle
qui atriva ; le *comte* vola chez son
amante, il la trouva tranquille dans
un fauteuil, elle lisoit Pope, & montrant à *Courmont* la coupe empoisonnée
dont elle venoit de s'abreuver, elle
attendoit son dernier moment avec ce
calme qu'on ne doit jamais attendre
d'une femme; & sur-tout de celle qui
n'a connu que les plaisirs. Le *comte* at-
tendri de ce spectacle, & remué par
les sollicitations de *miss Otwai* ; demanda une autre coupe, qu'elle eût la
cruauté de lui présenter elle-même,
Courmont prit le poison des mains de
son amante, & l'avala en la serrant
entre ses bras : quel courage ! ne peut-

on être grand que dans le crime ? *miss
Otvvai* avoit préparé elle - même les
breuvages , & elle savoit l'inftant auquel
ils devoient faire leur effet. Le *comte*
qui penfa alors à fon fils , & j'ofe dire
à moi-même , m'envoya prier , par
un laquais de fon amante , de venir le
joindre fans perdre un inftant ; des
idées odieufes fe préfenterent alors à
mon efprit , & j'allois congédier le do-
meftique , quand il m'apprit que mon
époux fe trouvoit mal ; toutes mes ré-
pugnances cefferent à ce mot , & je
volai chez *miss Otvvai* , que vis-je ?
hélas ! quel fpectacle effrayant fe préfenta à mes yeux ! cette femme expi-
rante tenoit mon mari entre fes bras ,
& conjuroit le ciel de retarder l'inftant
de fa mort , pour avoir le plaifir de
rendre le dernier foupir avec le *comte* ;
jugez de mon émotion à ce difcours :
tremblante aux genoux de mon mari ,
je l'interrogeois en vain fur la caufe de
la pâleur qui couvroit fon vifage ; tranquille dans le fein de mes douleurs , il
me refufoit jufqu'aux plaifirs de foulager
fes maux ; & j'aurois peut-être ignoré
que le poifon alloit l'arracher d'entre
mes bras , fi *miss Otvvai* , elle-même ,

n'avoit pris soin de m'en instruire en
expirant. Toute aux desirs de sauver
mon mari, j'ordonnai qu'on m'apportât
du contrepoison, soins superflus, me
dit le comte, qui pouvoit à peine s'ex-
primer, tout est fini pour moi, ayez
soin de mon fils, & jurez à ce moment, si vous voulez que je meurs sans
regrets, que vous ne vous remarierez
jamais ; de tels serments, lui répondis-
je, en pleurant, m'offensent ; je ne
veux rien vous jurer, mais je vous pro-
mets de vous obéir : l'antidote arriva à
l'instant, mais le *comte* l'avoit prévu,
il n'étoit plus temps, & il expira en
me serrant d'une main, & portant
l'autre sur celles de *miss Otwai*, dont
il prononça encore le nom. J'avoue que
la douleur dont je fus agitée en ce moment funeste, ne put dérober des réflexions qui, pour être communes à
mon état, n'en étoient pas moins étrangeres à la situation horrible où je me
trouvois ? je connoissois assez mon cœur
pour me juger d'après lui, & je ne
pouvois penser qu'une coquette, je dis
moins, qu'une maitresse pût jouir de ce
délire qui, soumettant tout à ses desirs, fait un esclave d'un amant.

Courmont mouroit pour *Miſſ Otvvai*, qui aimoit trop pour être attachée à un homme qui l'adoroit, & moi... ne croyez pas, madame, que je vais me louer, mais devois-je être ſacrifié à une maîtreſſe ? Eh, quelle maîtreſſe encore !

Ces premieres idées ſuſpendirent la violence de ma douleur, mais elles ne la différerent pas ; j'oubliai mes reſſentiments pour n'écouter que mes regrets, & je pleurai mon mari, comme ſi j'avois été moi-même la cauſe de ſa mort.

Les domeſtiques de *miſſ Otvvai*, témoins de mes larmes & de la cataſtrophe qui venoit de les occaſionner, me forcerent par leurs inſtances & par leurs perſécutions de retourner chez moi. Mon époux qu'on avoit dérobé à mes regards, étoit placé dans un cabinet voiſin de l'appartement où l'aventure venoit d'ariver ; j'y volai, & ſerrant ſon ombre entre mes bras, je lui dis toutes ces choſes tendres que le chagrin inſpire à une ame ſenſible. Hélas ! que dans ce moment funeſte j'euſſe été heureuſe, ſi en immolant ma vie j'avois pu ſauver la ſienne !

Rentrée dans mon hôtel, j'appelai *Sophie* : mais cette tendre amie n'y étoit plus, le ciel avoit semblé ne l'avoir arrachée de mes bras que pour me punir *Bernon* fit des efforts imaginables pour me consoler ; mais avec un cœur sensible on ne revient pas aisément d'une impression violente : le *comte* mort dans les champs de la gloire auroit été pour moi un objet de regrets ; que devoit-il être en s'assassinant lui-même à mes yeux, & pour qui ?.... nouvelle douleur qui naît d'une réflexion accablante. A peine fus-je remise un peu des premiers moments de ma situation, que j'écrivis à l'ambassadeur de France l'histoire affreuse dont je venois d'être le triste témoin & la malheureuse victime. Ce ministre ne m'avoit pas encore répondu, quand une troupe d'archers investirent ma maison: deux d'entr'eux monterent, & me prierent de les suivre ; la résistance est vaine, d'ailleurs étois-je capable d'en faire ; j'obéis & je fus conduite dans les prisons les plus affreuses ; ce n'étoit pas assez d'avoir perdu mon mari, il falloit encore qu'on ajoutât à ma douleur, en m'imputant cette perte. Le ministre, dont je viens

de parler, ne fut pas plutôt instruit
de ma détention, qu'il me reclama ;
mais on lui repondit que, l'affaire étant
portée par devant les juges ordinaires,
c'étoit à ce tribunal à juger sur mon
fort. Cette réponse annonçoit une pro-
cédure criminelle, dont je vis bientôt
les apprêts ; on m'interrogea , on entendit des témoins, & prête à être con-
damnée, j'ignore sous quels prétextes,
l'ambassadeur m'écrivit que malgré mon
innocence, dont il étoit persuadé, des
témoins déposoient contre moi, & qu'indépendamment de ses sollicitations,
j'aurois été la victime de cette affaire,
si le chevalier *Opton*, dont l'appui
étoit recommandable, ne s'étoit vivement intéressé pour moi, & que je ne
devois qu'à ses soins la liberté qu'on
alloit me rendre. Je finissois la lecture
de cette lettre, quand *Opton* entra dans
la prison ; touché de la situation d'une
femme dont il connoissoit l'innocence,
il ne put retenir ses larmes. Quoi, lui
dis-je, n'étois-je pas assez infortunée
de vous aimer : falloit-il encore que je
vous fusse attachée par les nœuds puis-
sants de la reconnoissance ? Vous ne
me devez rien, reprit le *chevalier* en

me donnant la main, venez embrasser
mylady *Sidney* qui vient vous chercher
elle-même : où donc est elle, repris-je?
en disant ces mots, j'apperçus *Mylady*
qui m'attendoit dans la cour de la
prison, je volai à elle, & après les
embrassements les plus tendres, nous
montâmes en carosse, & nous prîmes
le chemin de mon hôtel. Mon mari,
à qui je n'avois pas même pu rendre les
derniers devoirs, m'inquiétoit; mais je
fus bien-tôt rassurée par *Mylady*, qui
m'apprit que le *chevalier* avoit rempli mes
propres obligations avec un soin exact.
Londres qui me devenoit odieux, & plus
que tout cela l'intérêt de mon fils qui me
rappeloit en *France*; *Oston*, que des
raisons, qu'on imagine aisément, ne
m'avoient pas permis de recevoir chez
moi, me voyoit tous les jours chez
Mylady *Sidney* qui me pressoit en vain
de me rendre aux desirs du chevalier,
en lui accordant ma main. Liée par une
parole que je regardois comme sacrée,
moins encore que par l'attachement
que j'avois pour un fils aimable que je
voulois faire régner seul dans mon cœur,
je triomphai pendant assez long-temps,
de moi-même; mais une ame tendre

& fenfible tient-elle contre l'amour uni
à la reconnoiffance ? Les empreffements
du chevalier , fon nom , fon mérite,
les follicitations de Mylady *Sydney* me
forcerent... Eh , non , ma paffion pour
Opton fit tout , & j'ofai devenir infidelle
à mes ferments & à mon fils: en lui
faifant efpérer que je m'unirois à lui ,
fi-tôt que je ferois dégagée d'une quantité d'affaires domeftiques qui m'obli-
geoient de partir à l'inftant pour Paris.
Opton , fans me confulter , remercia le
parlement , & donna au roi fa démiffion
d'une charge qu'il avoit à la cour ; le
projet du chevalier étoit de me fuivre
en France , où plus tranquille qu'à Londres , il vouloit attendre que j'effectuaffe
ma promeffe ; mais la bienféance , peut-
être un motif plus puiffant , mon devoir
qui me rappeloit à moi-même , ne me
permit point de condefcendre aux defirs
d'*Opton* , & je lui ordonnai de demeurer
en Angleterre jufqu'à ce que je lui écri-
viffe de fe rendre à Paris ou en Bourgogne. Le chevalier étoit trop amoureux
pour me croire fincere ; il penfa que
mes refus actuels n'étoient qu'une défaite qui éloignoit pour toujours la parole que je lui avois donnée , & après
m'avoir

m'avoir prodigué tous ces noms outra-
geants dont l'amour n'est jamais irrité,
il me déclara qu'il vouloit absolument
m'accompagner je tâchai de lui prouver,
par des raisons convaincantes, combien
cette démarche indécente jetteroit de
ridicule sur moi en Angleterre & en
France. *Opton* aveuglé par sa passion ne
voulut pas se rendre à mes raisons, & je
fus contrainte de le menacer de mon
indignation, s'il me suivoit : ordre
cruel que vous allez peser à mon cœur !
je partis les yeux baignés de larmes.
Mylady *Sidnei*, dans le sein de laquelle
je les épanchois, ne voulut point se faire
honneur de mes pleurs, elle s'apperçut
bien que le chevalier me les arrachoit :
moments funestes, de quelle séparation
ne fûtes-vous pas témoins ! *Opton* tremblant cédoit à sa douleur, & me pressoit
de révoquer un ordre barbare ; la voix
de mon devoir plus puissante alors que
celle de l'amour, me rendit insensible,
& je partis avec ma femme de chambre
& deux laquais.

Arrivée le même soir à *Cantorbery*,
je descendis dans l'auberge où j'avois
couché en allant à *Londres*. Livrée entiérement à mes maux, je ne voulus point

Tome II.   V

de témoins de mes regrets , & je soupai seule ; l'envie que j'avois de partir à la pointe du jour me mit dans le cas de me retirer de bonne heure. Il y avoit près de deux heures que , pressée par la fatigue , je jouissois du repos , quand éveillée tout-à-coup par *Bernon* qui couchoit auprès de moi , je ne vis que des flammes , & je n'entendis que des cris ; la maison même où nous étions , embrasée par une incendie qui venoit de consumer celle qui la touchoit , nous menaçoit d'une mort prochaine. *Bernon* crioit en vain , chacun occupé pour soi-même ne songeoit qu'à se parer d'un danger qui de minute en minute deve-noit plus évident. Déjà la flamme dévo-rante avoit gagné les poutres de mon appartement ; Bernon que la fumée alloit suffoquer , ouvrit une fenêtre au bas de laquelle elle voulut sauter malgré mes prieres ; mais cette pauvre fille , victime de sa crainte , expira en tom-bant : il ne me restoit plus que la porte; mais le feu qui perçoit au travers une cloison , ne me laissa pas douter que le péril portoit du côté même où je croyois l'éviter ; quels instants ! La crainte , le désespoir regnant absolument sur mes

sens, alloient peut-être me forcer à
prévenir le moment horrible; lorsque
je vis briser la porte de ma chambre par
un homme qui m'arracha à une mort
certaine, en me portant entre ses bras
à travers les flammes qui couvroient nos
têtes. Arrivée dans une maison voisine,
je tombai dans un évanouissement occa-
sionné sans doute par la crainte qui m'a-
voit saisie; des femmes qui m'environnoient me secoururent assez à propos
pour me faire revenir promptement,
& mes premiers soins après avoir récu-
péré la connoissance, furent de demander quel étoit mon libérateur; occupé maintenant, me répondit-on, à
sauver vos effets exposés au pillage qui
suit ordinairement une incendie, il
paroîtra bien-tôt. Ah, ciel! M'écriai-
je, montrez-moi ce mortel vertueux,
& que devenant l'objet de la reconnoissance la plus vive, il puisse connoître
à quel point je suis sensible à l'action la
plus généreuse; ah, chevalier! Me
disois je tout bas; c'est à vous que je
devrois ce dernier bienfait, si j'avois
permis que vous m'accompagnassiez...
A peine eus-je achevé de proférer ces
mots, qu'*Opton* entra; voilà, madame,

me dit on , en me le montrant , voilà
votre libérateur : quoi , chevalier ,
m'écriai je , ne m'avez vous défobéi que
pour me fauver ! *Opton* en ferrant tendrement mes mains : vouloit fe juftifier
de n'avoir pas fuivi mes ordres , en
tâchant de me perfuader qu'un pref-
fentiment fecret fur les dangers de ce
voyage, l'avoit forcé à me fuivre malgré moi ; me permettez vous , dit-il
en finiffant , de vous accompagner jufqu'à Paris ? Ah, chevalier , repris-je,
quel moment choififfez vous pour me
faire une demande fi contraire à mon
devoir ?... Refpectez-moi affez , continuai-je après quelques minutes de réflexion , pour ne point me preffer ; je
vous dois trop pour pouvoir vous refufer
une grace qui n'auroit que les apparences contr'elle ; mais ne me mettez pas
dans le cas de vous accorder ce que je
vous dois. Quoi, ma chere comteffe ,
repartit Opton , ferez-vous toujours
injufte pour moi ? Pousterez-vous la
cruauté jufqu'à me refufer de refpirer le
même air que vous ?.... Vaincue à la fin
par des raifons trop puiffantes pour tenir
long-temps contre moi, je permis au
chevalier de venir en France ; mais j'y

joignis une condition qui lui parut dure,
quoique la décence l'exigeât, je voulus
qu'il retournât à Londres, d'où il ne
partiroit qu'après avoir reçu une lettre
que je promis de lui écrire à mon arrivée à Douvres; Opton m'obéit avec des
regrets qui me le rendirent encore plus
cher. Je lui écrivis effectivement en ar-
rivant dans cette ville; mais ma lettre
qui étoit moins un billet amoureux,
qu'un gage de ma parole, étoit conçue
de façon à éloigner le chevalier, s'il
avoit été moins amoureux. De Douvres
je passai à Calais où je fis rendre les
derniers devoirs à l'infortunée Bernon
que j'avois transportée avec moi, &
après deux jours de marche j'arrivai à
Paris.

Mon fils jouît de mes premiers trans-
ports, fruit précieux d'un nœud sacré,
image d'un homme à qui j'étois encore
attachée par une parole respectable, &,
plus que tout cela, l'objet de la tendresse la plus vive : le jeune marquis
réunit tous les soins de ma vie ; il touchoit alors sa septieme année, c'est le
temps heureux où la voix de l'honneur
& l'amour de la gloire doivent entrer
dans le cœur, quand le ciel qui fait

V 3

tout ne les y a pas placés. Je rappelai
mon fils auprès de moi , & je fubftituai
des livres utiles au fatras de Latin dont
on commençoit de lui meubler l'efprit.
Le miniftre de la guerre qui n'avoit pas
perdu de vue les fervices de mon mari ,
accorda à fon fils un régiment d'infan-
terie , à la tête duquel il marcha à l'âge
de quatorze ans : fans me faire illufion
fur fon mérite , j'ofe dire qu'il joignoit
alors au courage qui lui étoit hérédi-
taire , des talents qu'on ne peut pas
même foupçonner dans un enfant de
cet âge.

Opton arriva huit jours après moi ;
abfent, je le defirois ; mais à peine je
le vis , que j'aurois voulu qu'il fût encore à Londres. L'ambaffadeur d'Angleterre me le préfenta ; cet arrangement
dont nous étions convenus , ménageoit
les bienféances , fur lefquelles je conviendrai qu'on n'eft pas abfolument en
garde à Paris. Le chevalier ne fut pas
long temps fans me parler de fon amour ;
fa fortune étoit brillante , & le miniftre de la cour de Londres qui lui étoit
attaché par les liens du fang, vint lui-
même appuyer les prétentions de fon
parent:recommandations inutiles, *Opton*

pouvoit sur mon cœur plus que per-
sonne ; mais mon devoir étoit plus puis-
sant que mon amant : je résistai long-
temps sans en annoncer le motif ; mais
le chevalier, qui devenoit de jour en
jour plus pressant, imaginant des prétextes qui m'offensoient, m'arracha
enfin la cause de mes refus. Malgré
l'idée avantageuse qu'il avoit de moi,
il ne put se persuader qu'esclave d'une
parole bizarre, je fusse capable de lui
sacrifier mes vœux & mes plaisirs : vous
avez beau, me disoit le chevalier,
m'opposer un serment ; est-il juste, &
quand il le seroit, en est-il que l'amour
& la vertu unies ne puissent violer ? par-
lez-moi sans fard, une autre passion ne
vous tient-elle pas asservie ? Vous ai-
miez, dit-on, avant d'avoir épousé le
comte ; rendue à vous même, n'avez-
vous pas repris vos premiers fers ? Ne
me cachez rien, je vous aime assez pour
vous sacrifier jusqu'à ma tendresse ; quelqu'infortuné que je sois, éloigné de
vous, j'oublierai mes malheurs quand
je saurai que vous êtes heureuse ; un
amant moins sensible, ne pouvant vous
subjuguer par la force de sa passion,
employeroit peut-être pour vous vain-

cre des motifs de convenance que l'in=
térêt ne fait valoir que pour déshono-
rer l'amour : je vous ai sacrifié mon
rang & une partie de ma fortune , mais
je rougirois de devoir votre main à des
confidérations aussi minces.... Eh bien,
chere comtesse, continuoit le chevalier,
en se jetant à mes genoux , vous laisse-
rez vous toucher , & votre amant
pourra t il espérer de vous être attaché
par des nœuds éternels ? Voilà mon
espoir , vous le savez , tout autre sentiment feroit un outrage , & mon cœur
en est incapable ; vous ne répondez
point , je le vois , ma disgrace , exprî-
mée par votre silence , est au comble ;
& il ne me reste qu'à rejoindre ma
triste patrie.... Emue de ce discours,
vingt fois je vis voler mon cœur au-
devant du parjure , & vingt fois je jouis
du plaisir flatteur de triompher : vic-
toire cruelle , que vous coûtez à une
ame sensible !

Ce n'étoit pas assez que mon devoir
me forçât de tourmenter un homme que
j'adorois , il falloit qu'il ajoutât encore
à cette injustice la douleur d'avoir dé-
rangé sa fortune. *Opton* en quittant Londres avoit sacrifié son rang , comme je

l'ai déjà remarqué ; & obligé par mes
rigueurs de retourner en Angleterre, il
se trouvoit isolé dans une cour brillante
où il avoit représenté autrefois avec
dignité : un favori qui abandonne la
cour est bientôt oublié ; envain veut-il
reparoître, sa fortune passée en d'autres mains ne lui laisse que le regret de
voir que l'estime ne suit pas toujours la
vertu, & le citoyen inutile dans un
pays où il s'étoit acquis de la considération, ceux-mêmes qu'il a élevés ne le
regardent qu'avec cette basse indifférence que la stupide grandeur affecte
pour humilier le mérite modeste. Ces
idées qui m'occupoient, étoient bientôt
écartées par un sentiment plus tendre,
& je me reprochois quelquefois de
m'être arrêtée à des considérations qui
étoient étrangeres à l'amour. Plus *Opton*
me pressoit de couronner ses feux, plus
mon cœur sensible étoit forcé de combattre les obstacles qu'un funeste devoir
lui opposoit : disposé à chaque instant à
retourner dans sa patrie, je semblois
l'arrêter près de moi, même en lui ôtant
jusqu'aux ressources de l'espoir : ascen-
dant cruel, qui, en formant mon supplice, faisoit le malheur du seul homme

V 5

que je croyois digne d'être heureux. Cependant j'allois enlever au chevalier
jusqu'au plaifir de me voir parce que,
difposée à retourner en Bourgogne,
j'étois conftamment déterminée à ne pas
lui permettre de m'y accompagner, &
cette féparation, que je retardois par
des raifons qu'on devine aifément, me
préparoit un combat violent plus encore
à redouter pour moi que pour *Opton*.
L'intendante de Moulins arriva alors à
Paris ; les premieres obligations que
j'avois eues à M. de *Querman* pouvoient
renaître, & j'étois charmée d'avoir pour
cette femme cette forte de confidération qu'on attribue à l'amitié, & qui
n'eft que l'effet du ménagement. Madame de *Querman* me prévint, & fon
goût pour la cour l'attacha bientôt au
chevalier, non qu'elle lui trouvât l'air
courtifan, mais parce qu'on l'avoit prévenue qu'il l'avoit eu long-temps.

Je vis avec quelque plaifir le goût
que l'intendante avoit pour *Opton*, &
peut-être mon cœur n'en reffentit pas
moins de la réfiftance qu'il fit. Le chevalier, en proie aux agaceries de Madame de *Querman*, fut bientôt livré à de
nouvelles prévenances, & Madame de

Moreval, la femme de France la plus aguerrie, établit ses prétentions. *Opton*, qui détestoit tout ce qui tenoit aux apprêts de la coquetterie, ne fut pas plus sensible aux mines de celle-ci, qu'il l'avoit été aux grimaces de l'autre. Madame de *Moreval* qui avoit l'honneur de se respecter seule, exigeoit des ménagements de ceux-même avec qui elle s'étoit déshonorée ; une figure indécente & hardie, des yeux audacieux, & le maintien d'une fille du monde pour laquelle on la prenoit souvent, ne lui avoient pas ôté un air de dignité qu'elle avoit une envie si forte d'acquérir, qu'elle le gardoit même au sein du plaisir : indécente avec un faux ton de vertu, elle vouloit qu'on jugeât de sa conduite par sa naissance, & elle avoit la manie de se croire prodigieusement noble ; complaisante cependant malgré sa vanité, elle étoit accoutumée à faire des avances qui ne lui réussissoient pas toujours ; rebut d'un petit poëte subalterne, elle s'étoit attachée à un nombre de personnages singuliers, que le lendemain avoit rendus inconstants, & fatiguée sans doute de médire de la légéreté des François, elle avoit cru trouver dans *Opton*

des sentiments épurés qu'elle n'étoit en
état d'infpirer à perfonne ; piquée d'effuyer des dédains avec lefquels l'ufage
auroit du la familiarifer, elle réfolut de
fe venger du chevalier. Madame de *Moreval* étoit d'une bêtife équivoque, qui
ne la rendoit que plus à craindre ; fon
mari d'ailleurs, qui fe joignoit ordinairement à fes vengeances, puniffoit par
de petites fatires les mépris qu'on avoit
fait de fa femme : poëte de condition,
il favoit faire une épigrame, une fatire
auffi mauffadement que perfonne ; telles
étoient les armes qu'il employoit de
fang froid ; le délire, qui le travailloit
fouvent, l'emportoit au-delà de fon caractere, & il devenoit brave dès qu'il
ne fe connoiffoit plus, fi on peut appeler bravoure un fentiment que la raifon
& l'honneur n'éclairent point. La *Moreval*, qui s'étoit plainte à fon mari des
dédains d'*Opton*, lui fit partager fon
reffentiment ; affez méprifable pour
afficher fa honte, il cherchoit le comble du déshonneur dans le libertinage de
fa femme qu'il avoit la baffeffe d'appuyer. C'eft dans ces fentiments odieux
que *Moreval* alla joindre *Opton*, fon
début fut un mélange de baffeffe & de

grandeur, qui n'émut point l'Anglois:
piqué de voir sa démarche sans effet,
il devint furieux, je veux dire qu'il
montra du courage; les propos s'échauf-
ferent, & *Moreval* exigea que le chevalier lui rendît raison de la conduite
qu'il venoit de tenir, en ne répondant
point aux agaceries de sa femme. *Opton*,
qui n'étoit pas encore assez au fait de
Paris, pour avoir vu des maris de cette
espece, crut que *Moreval* plaisantoit,
& continuant sur le ton badin, il alloit
l'écondpire à force de raillerie, quand
celui-ci, emporté par un mouvement
impétueux, mit l'épée à la main, &
déjà *Opton* avoit repoussé deux coups,
lorsque son valet de chambre, attiré par
le bruit des lames, entra; la querelle,
suspendue par l'arrivée de ce domesti-
que, fut renvoyée à l'entrée de la nuit,
& les deux champions se donnerent un
rendez-vous: le chevalier, vainqueur
ou battu, alloit se perdre, si le délire
de *Moreval*, qui n'avoit ordinairement,
qu'un premier accès, n'eût arrêté son
courage en le faisant rentrer dans sa
situation accoutumée; cette première
action fut suivie d'une aussi coupable,
encore; Madame de Moreval, instruite

du rendez vous, fit avertir un exempt
des maréchaux de France, & *Opton* fut
arrêté, tandis que fon prudent adver-
faire louoit baffement dans les foyers
toutes les miferes publiques que le mauvais goût des grands approuvoit. Je fus
informée le lendemain à la pointe du
jour de la détention du chevalier, &
j'avoue que je me fentis indignée contre
lui, quand j'appris que c'étoit avec *Moreval* qu'il s'étoit battu ; car n'étant point
prévenue fur tout ce qui s'étoit paffé, &
ne connoiffant pas encore le caractere
de fon ennemi, je crus naturellement
que celui-ci, offenfé des bontés que fa
femme avoit pour *Opton*, avoit voulu
en tirer raifon de l'amant à qui elle les
prodiguoit ; une forte de jaloufie, plus
encore que mon devoir, excita en moi
un dépit dont les fuites furent funeftes
au chevalier. Madame de *Querman*,
qu'une fête publique appeloit en Bourbonnois, me propofa d'aller paffer
quelques mois à Moulins ; étourdie fur
la conduite d'Opton, j'acceptai l'offre
fans balancer : je conviendrai même que
Sophie, qui devoit s'y rendre, n'eut
aucune part à ma réfolution ; livrée entiérement à ma colere, je n'écoutai

qu'elle. Une lettre qu'Opton m'écrivit
du Fort-l'Evêque, à l'instant de mon
départ, ne fit qu'irriter mon dépit, &
je la lui renvoyai sans la décacheter
conduite cruelle dont j'avoue que j'ai
rougi plus d'une fois ; qu'étoit donc devenue alors cette ame sensible & généreuse que vous m'avez connue jusqu'ici ?
Assez barbare pour refuser des secours à
un mortel vertueux, j'eus l'inhumanité
de le juger sur un seul trait, & d'oublier, en le condamnant, tout ce que
son amour, sa constance & sa générosité
avoient fait pour moi ; c'est sous ces in-
justes auspices que j'arrivai à Moulins.
Madame de Querman entra en petite
souveraine dans sa généralité ; haranguée
par tous les maires des villes du Bourbonnois où nous avions passé, elle avoit
reçu ces honneurs avec une indifférence
dont je ne pus m'empêcher de lui demander la cause ; Paris, Paris, Madame, me répondit-elle, il n'y a que lui
seul où une honnête femme puisse vivre,
& vous en conviendrez quand vous aurez un peu goûté de ces gens-ci. Madame la présidente, Madame l'Elue en-
trerent alors, empressées d'embrasser
l'intendante qui les repoussa avec une

froideur qu'elles prirent pour de la politesse ; elles s'assirent ; dirent assez maus-
sadement des choses fort raisonnables ,
& après avoir sagement ennuyé la com-
pagnie , elles eurent la complaisance de
prendre congé d'elle. Des petits-maî-
tres , presqu'aussi agréables, remplace-
rent les femmes qui venoient de sortir ,
& nous parlerent de Paris avec tant de
fausseté , que nous jugeâmes qu'ils
n'avoient vu que le Luxembourg & les
auberges.

Dégagée de la fadeur de ces visites ,
l'*intendante* m'annonça que la noblesse
que nous verrions le lendemain seroit
plus ridicule encore ; & j'avoue malgré
moi, que je fus forcée de donner dans
toutes ses idées. Nous allions nous
mettre à table, monsieur, madame de
Querman, & moi, quand on annonça
le baron de *Nercé* : c'étoit un petit
homme , d'une figure commune, qui
partageoit ses jours entre la finance &
l'épée, & qui toujours chargé de den-
telles & d'odeurs , parloit méthodique-
ment de *Barrême* & de *Puiffegur*. Au
froid de l'*intendante*, & aux caresses
réitérées du mari, je jugeai que le
petit *Nercé* étoit l'amant de quartier

de madame de *Querman*, & je ne me trompai pas.

L'intendante, sans estimer beaucoup le *baron*, n'en disoit rien, & son silence sur un homme de province, étoit la marque d'une considération particuliere. *Nercé* faisoit l'ame de notre société, & je pense qu'il étoit le moins ridicule de ceux qui la composoient. Je reçus, deux jours après mon arrivée à *Moulins*, une lettre du duc *d'Amerville*, avec lequel j'étois toujours dans une relation intime. Il m'apprenoit les détails & les suites de l'affaire du *chevalier* avec *Monval*, & me marquoit qu'*Opton* ayant obtenu sa liberté, n'attendoit qu'un mot pour voler à mes pieds. Je répondis au *duc*, que le *chevalier* m'étoit cher par lui-même, & par les services qu'il m'avoit rendus; mais que déterminée à ne me remarier jamais, je ne pourrois le voir sans nous rendre malheureux l'un par l'autre. J'ignore quel effet cette lettre fit sur le cœur d'*Opton*; mais je sais que d'*Amerville*, qui continuoit à m'écrire, ne m'en parla plus. Ce silence que je n'osai le forcer de rompre, m'agitoit presque autant que l'idée du *chevalier*; étois peut-être que je manquois de réconnoissance, il eſt peu de climats où j'en euſſe plus : ce mot n'eſt pas un éloge, pour peu qu'on connoiſſe les hommes. Preſque toujours délicats ſans ſentiment, amoureux ſans tendreſſe, leur penchant n'a que les apparences de la vertu.

Le comte de *Selmont*, revenu de ſon régiment pour paſſer la belle ſaiſon dans ſa province, me vit à l'intendance, & bientôt il contribua à me faire oublier le *chevalier*, en portant dans mon cœur les feux dont il étoit embraſé lui-même. Cette paſſion que j'ai toujours regardée comme une foibleſſe indigne de moi, puiſqu'elle me faiſoit abandonner un mortel aimable, digne de régner ſur mon ame par toutes les qualités eſtimables qui touchent une femme ſenſée ; cette paſſion, dis-je, eſt un travers de mon cœur, que je n'ai que trop abhorrée. Ce n'eſt pas que *Selmont* ne méritât quelque conſidération. Bien fait & ſpirituel, il n'avoit contre lui que cette modeſtie ſtupide, plus aſſommante qu'une vanité immodérée : ſe défiant inceſſamment de lui, il cachoit ſous un maintien gauche & un ton humilié, les graces de ſon eſprit & les vertus de ſon caractere :

attaché par pareffe à une femme qu'il
n'aimoit pas, & qui ne méritoit effectivement ni fon eftime ni fon cœur,
il falloit qu'un mouvement extraordinaire l'entraînât vers un autre objet,
& j'avois fans doute infpiré ce fentiment au comte de *Selmont.* Madame de
Querman, qui n'étoit jaloufe que pour
avoir le plaifir de tracaffer, voulut jeter
un ridicule fur l'amour du *comte* ; & fans
le petit *baron* de *Nercé*, je ne doute
point que les chofes n'euffent été plus
loin. Cet amant avoit des droits in-
conteftables fur le cœur de l'*intendante*,
& il s'en fervit pour mettre fin à fes
mauvaifes plaifanteries. Madame de
Selmont ne fut pas fi facile à contenir,
le caractere de fon mari la fervoit contre
lui-même : plus fes diffipations étoient
grandes, plus elle vouloit en impofer
au *comte* ; & il fembloit que l'autorité
qu'elle exerçoit fur lui, ne provenoit
que de l'excès de fa coquetterie : les
maneges les plus ufés, ceux-même
qu'elle frondoit, étoient toujours em-
ployés avec fuccès. C'étoit dans les bras
de *Selmont* qu'elle dénigroit les femmes
qui, voulant éblouir leurs maris, les
embraffent au moment même qu'elles

leur deviennent infidelles : vieilles rufes dont je vois encore des dupes. Incapable d'attachement & d'eftime, elle n'excufoit fes foiblefles que fur le caprice, & c'étoit la femme du royaume qui en avoit le plus : chaque jour marquoit une fantaifie nouvelle : fouvent même fon caractere étoit fi bizarre, qu'elle avoit jufqu'à deux caprices en vingt-quatre heures ; mais jamais le même homme n'en étoit l'objet. Jaloufe malgré les fantaifies qu'elle avouoit fouvent ne compter pour rien, madame de *Selmont* trouva mauvais que fon mari m'aimât, & pour troubler une paffion qui ne l'alarmoit que par vanité, elle souleva contre moi une femme de fes amies, qui joignoit au titre de bel efprit une réputation de méchanceté, qu'une fatalité malheureufe attache prefque toujours aux talents. Madame de *Rinfac* (c'eft le nom de cette femme auteur) ne s'unit avec la *comteffe* que dans le deffein de me perdre. Cette indigne action ne dépendoit heureufement ni des brigues de l'une, ni des ouvrages de l'autre ; & je vis fans émotion un tas de lâches épigrammes baffement coufues dans une efpece de roman qu'un vieux abbé, galant par humeur presque autant que par état, avoit composé pour donner à la vieille madame de *Rinjac* un air de célébrité qu'elle avoit la fureur d'acquérir: c'étoit le siècle des femmes qui, entichées de la manie du bel esprit, vouloient être auteurs. Différentes de celles que nous comptons aujourd'hui dans la république des lettres, ce n'étoit point par des ouvrages célèbres qu'elles désiroient que leurs noms passassent à la postérité. Contentes d'être craintes, elles préféroient la réputation d'un esprit dangereux à celle d'un bon esprit, & l'estime n'étoit pour elles qu'un horsd'œuvre qu'elles ne se donnoient pas même la peine de connoître. Moins offensée que surprise d'un ouvrage odieux, dont l'opprobre rejaillissoit sur son auteur, je ne laissai pas que d'adopter une idée imprudente, qui m'offroit un moyen de mortifier madame de *Rinjac* & la comtesse de *Selmont* qui l'animoit.

Le chevalier de *Lamure* se présenta à propos pour me venger; c'étoit un espèce de gentilhomme qui établissoit son patrimoine sur les persécutions qu'il faifoit aux honnêtes gens : du fervice, qu'il avoit quitté par des raifons qu'il avoit la difcrétion de taire , il entra dans le centre des mufes ; étranger au milieu de l'Europe qu'il avoit parcourue, comme dans le fein de fa patrie qui le défavouoit , il s'étoit retiré en Bourbonnois , fous le prétexte d'une brouillerie qu'il avoit eue avec la police , qu'il n'a pu appaifer qu'en la fervant , il travailloit à déchirer quantité d'honnêtes gens qu'il haiffoit par repréfaille : pardon , madame , fi je confie le foin de ma vengeance à un homme auffi odieux: le chevalier de Lamure me vendit à un prix affez raifonnable une brochure fcandaleufe contre mes deux ennemies , & victimes de fa rage , ou pour mieux dire de mon imprudence , elles deferterent de la province pour fuir à Paris , où elles fe flaterent que l'ouvrage de Lamure ne parviendroit point : mais quelle fut leur erreur , quand elles apprirent que le livre qui les deshonnoroit étoit à la dix-huitieme édition ; l'auteur le difoit du moins ainfi dans les cafés de Paris , où il s'étoit rendu pour jouir des fruits de fa méchanceté. Madame de *Rinfac* fufpendit fon reffentiment con-

tre moi, pour ne le faire agir que contre
le frippier littéraire que j'avois eu là
foibleffe, pour ne pas dire la lâcheté,
d'employer ; déterminée à laiffer tom-
ber l'orage fur le feul chevalier de La-
mur, elles prierent un de leurs amis de
les venger par de belles voies, mais le
chevalier s'excufa fur fon état, & on l'en
crut : feconde époque de fa honte qui
n'a pas même fini avec fes jours.

Révoltée contre moi-même du procédé que j'avois eu avec des femmes qui
ne méritoient que du mépris, j'allois
quitter *Moulins*, lorfque Sophie y arriva avec fon époux ; tendre entrevue
qui rendit à mon ame, du moins pour
un temps, fa première tranquillité. Opton, qui commençoit à ne m'occuper
que foiblement, auroit fans doute aidé
au calme que j'attendois, fi le comte
de Selmont ne m'eût intéreffée. Privé
de fa femme qu'une vengeance indifcrete
lui avoit enlevée, & tout à fa paffion,
il devenoit de jour en jour plus à craindre ; peut-être même auroit-il réuffi,
fi dans des inftants où il ne devoit être
occupé que de moi, le nom du chevalier Opton ne lui eût échappé ; le
comte qui l'avoit un peu connu à Paris,

le louoit même quelquefois, & inquiete
d'un éloge dont la vérité ne m'affectoit
plus, j'attribuai les louanges de Selmont, moins encore à la bonté de fon
caractere, qu'à une mal-adreffe qui lui
étoit propre, & je le voyois fouvent le
feul auteur des réfiftances qu'il me reprochoit. Deux mois fe pafferent dans
cet état ; *Sophie* épuifée par une fievre
qui la minoit depuis quelque temps,
trouva fon tombeau dans le lieu même
où elle venoit chercher les plaifirs: la
connoiffance que vous avez de mon
cœur, doit vous faire juger des regrets
que cette tendre amie me laiffa; premier malheur qui fut fuivi des alarmes
les plus vives. Ce n'étoit pas affez d'avoir
Selmont à combattre, *Nalbour* reprit
fon ancienne chaîne, & rappelant à
mon cœur l'amour le plus pur, il exigea que je lui permiffe au moins de
m'aimer toujours. Figurez-vous la fituation d'une femme fenfible, & occupée
dans le même temps par trois hommes
généreux & aimables; *Selmont* d'un côté,
Nalbour de l'autre, *Opron* qui venoit
encore diffiper les idées que les deux
autres faifoient naître dans mon cœur;
quelle

quelle position ! il faut y être pour en sentir le poids.

Selmont dont je connoissois la bonne foi, obtint, sans beaucoup de peine, un rendez-vous qu'il exigeoit de ma complaisance ; une affaire importante qu'il avoit à me communiquer, servit de motif à cette entrevue. Nalbour, dont je ne voulois pas irriter la jalousie, ne fut point informé de la conversation que je devois avoir, parce qu'il l'auroit sûrement attribuée à une cause bien différente de celle qui m'avoit fait consentir à voir le *comte*. Dupont, ma nouvelle femme de chambre fut seule prévenue ; cette fille, sur les ordres que je lui avois donnés, devoit introduire Selmont à l'entrée de la nuit dans mon appartement ; averti de se trouver à la porte du jardin, c'est là que ma femme de chambre avoit été le chercher; démarche toujours hasardée, malgré le but louable qui la fait naître. Dupont qui précédoit de quelques pas, vint prendre Selmont qu'elle m'annonça ; mais que vis-je ? Opton dans ma chambre fut bientôt suivi d'un homme déguisé que Dupont n'avoit pas apperçu, & que je ne connoissois point ; quel destin, lui dis-je

froidement, vous conduit ici ? L'amour,
reprit-il, & l'amour le plus violent; depuis ma fortie du Fort-l'Evêque, j'ai
vainement effayé de vous oublier; mon
penchant plus fort que la raifon m'a
égaré; efclave de vos charmes, moins
encore que d'une paffion malheureufe
que je traîne malgré moi, je viens vous
engager de rompre un ferment frivole
que tout vous oblige à violer; que votre
bouche prononce mon arrêt, je l'attends avec impatience; trop heureux fi
je l'attends fans me plaindre. Avant de
répondre, repris-je, à un difcours qui
m'étonne, apprenez-moi de grace l'événement qui vous amene près de moi:
Sélmont auroit-il.... le *comte*, repartit le
Chevalier, a fervi un ami généreux;
lié avec lui à *Paris*, il a été inftruit en
province, j'ignore par quelle voïe,
des malheurs qui m'accabloient; &
c'eft dans la feule vue de les diffiper,
qu'il a obtenu le rendez-vous dont fon
amitié me fait profiter aujourd'hui. Le
comte eft obligeant, répliquai-je, mais
de pareils fervices m'irritent; & les employer, c'eft m'offenfer; je fais, & je
me ferai un plaifir de répéter fans ceffe,
combien je vous dois, mais la recon-

noiſſance eſt un devoir qui ne me per-
-met pas de violer un autre devoir plus
ſacré encore ; jouiſſez de tous les ſen-
timents que je puis donner ſans remords
à un homme vertueux , mais n'eſpérez
point ma main : ſûr de l'obtenir , ſi elle
dépendoit de moi , vous devez juger
par ce dernier ſentiment combien un
refus involontaire doit me coûter. Plus
d'alarmes , madame , répondit vivement
le *chevalier* , vos ſerments ſont nuls , &
vous devez en croire monſieur l'*Abbé* ,
continua-t-il, en me montrant l'inconnu
qui étoit entré avec lui ; il vient exprès
pour vous en dégager , en nous uniſſant
par des nœuds éternels : vous m'oppo-
ſerez en vain la différence de religion ,
cet obſtacle eſt prévu , & vous ſaurez...
que je n'oppoſe que ma volonté, repli-
quai je avec indignation : de quel droit
monſieur l'abbé vient-il ici pour nous
unir ? Quel droit avez-vous vous-même
ſur un cœur qui ne reconnoît de loix que
celles de la délicateſſe & de la vertu ?
Sortez , ou dans ce moment une ſcene
éclatante vous éloignera d'ici : ah , *Che-*
valier! pourſuivis-je en le regardant avec
une pitié tendre , étoit-ce à vous que
je devois parler ainſi , & voulez-vous

X 2

même qu'en vous eftimant je vous haïffe!
Je ne veux, reprit *Opton* en tremblant,
que fuivre un afcendant qui m'emporte
au delà de moi même; vos ferments vont
être rompus, monfieur l'abbé me l'a
promis, c'eft fous fes aufpices que je vous
époufe: trop heureux fi votre cœur, d'intelligence avec le mien, n'attend pas un
mouvement de violence pour fe déterminer. Qu'ofez-vous dire, repris-je hors
de moi même, la vertu ne craint point
la force, & fi monfieur l'abbé profa-
noit jamais fon caractere en nous unif-
fant, je vous regardois l'un & l'autre
comme des monftres odieux. Je ne fais
que trop, repartit *Opton*, jufqu'à quel
point vous allez me détefler; mais le
fort en eft jeté, & la fatalité de mon
fort eft telle, que j'aime mieux mourir
chargé de haine, mais votre époux,
que de vivre honoré de votre eftime,
privé du plaifir de vous poffeder; allons,
madame, ajouta l'abbé, en étalant les
marques de fon caractere, je vais vous
dégager d'un ferment indifcret; & libre,
enfin, je finirai cette cérémoine augufte,
en vous liant au *Chevalier*. Interdite
d'un propos auffi révoltant, j'allois fon-
ner ma femme de chambre pour qu'elle

avertit quelqu'un , quand *Opton* égaré
me prit par les bras, & me contraignit
de me mettre à genoux ; étoit-ce bien-
là cet Anglois poli, complaisant & res-
pectueux, que j'avois aimé à *Londres*, &
qui me sauvant des flammes à *Cantorberi*
avoit joint de nouveaux sentiments à
ceux qu'il m'avoit inspirés: je resistai envain; à genoux aux pieds de l'abbé , je
reçus l'anneau fatal des mains d'*Opton*,
tandis qu'on prononçoit des paroles que
mon étonnement , ma frayeur & mes
larmes ne me permirent pas d'entendre.

Cette cérémonie fut à peine achevée,
qu'*Opton* se leva & sortit avec l'abbé, en
me remettant un billet dont voici l'a-
dresse & le contenu.

LE CHEVALIER ISAAC OPTON, A MADAME OPTON, SA FEMME.

*Mes vœux sont remplis ; je suis votre
époux ; mais hélas, à quel titre ! j'en fré-
mis , & c'est pour vous rendre la liberté
que je vais me priver du jour ; adieu,
épouse adorable ; n'oubliez jamais que je
meurs pour vous.*

A peine j'eus achevé la lecture de ce

X 3

funeste billet, que je courus vers le
jardin, par où le *Chevalier* s'étoit retiré :
cruel amant, disois-je, en le cherchant,
veux-tu me donner la mort, en t'arrachant à la vie ? Ne meurs point, *Opton*,
& vis pour une femme à qui tu sera toujours cher. Seroit-il possible, ô ciel !
s'écria le chevalier, en se jetant à mes
genoux ; ah ! *Selmont*, venez jouir de
mon bonheur ; & voyez enfin la comtesse, regarder sans mépris un époux
qui l'adore : Selmont parut, mais trop
irritée contre lui pour lui parler, je
m'adressai à Opton : quelques foibles,
répondis-je ; que soient les nœuds qui
semblent nous lier, je veux avant tout
qu'ils soient rompus ; c'est à ce seul prix
que je pourrai vous voir encore ; mais
je vous jure une haine éternelle, s'ils
ne sont brisés dans l'instant. Je vous
obéis, madame, reprit le *Chevalier*,
en se donnant deux coups de poignard,
& je meurs content, puisque vous vivez
sans inquiétude ... A ces mots barbares,
je tombai évanouie. Selmont voulut en
vain porter des secours à son ami, baigné
dans son sang : le corps d'*Opton* n'étoit
plus qu'une ombre dégoûtante, sur laquelle les traits affreux d'une mort

cruelle étoient gravés. Spectacle horrible ! pourquoi mes yeux en furent-ils les témoins ? Pourquoi malheureux Selmont en fûtes-vous l'auteur ? Votre coupable amitié vient de perdre le plus vertueux des hommes ; ah, cher *Opton*, que ne puis-je expier dans tes bras, & te montrer, en mourant avec toi, que je puis te sacrifier tout, excepté la vertu ? *Selmont*, que je ne voulus point entendre, transporta lui-même dans une rue écattée, le cadavre de l'ami que sa funeste complaisance venoit d'immoler, & j'appris le lendemain matin que *Nalbour* venoit d'être arrêté comme acteur du combat singulier dans lequel le Chevalier avoit été tué : c'étoit un bruit populaire que le juge avoit faussement saisi.

En est-ce assez, grand Dieu ! & puis-je après des coups funestes rester encore dans la société ? Livrée depuis l'aurore de mes jours à toutes les disgraces que l'amour & la jalousie peuvent causer, mes mœurs ne m'ont point sauvée des malheurs du fiecle ; vertueuse, j'ai essuyé tous les maux : aurois-je été plus infortunée si j'avois été criminelle ?

Sanville, mon époux, *Opton* & *Per-*

vaux, tout lâches qu'ils fuſſent, ſe pré-
ſentoient ſanglants à mes yeux, & ſem-
bloient, par des regards où la rage étoit
peinte, me redemander leur ſang que
j'avois fait répandre, mon innocence ne
m'évita aucun de ces remords cruels qui
déchirent les coupables, & toujours en
proie à des regrets cuiſants ; je formai
la réſolution d'aller les enſevélir avec
Dupont, je n'aurois ni femmes à haïr,
ni amant à immoler.

　L'*Intendante* s'intéreſſa pour *Nalbour*
& ſon innocence fut forcée de recevoir
un pardon qu'on ne donne qu'aux crimi-
nels. Indigné de l'injuſtice des hommes,
Nalbour ſe retira pour la ſeconde fois
à la chartreuſe de Paris, où je penſe
qu'il eſt encore. Je n'avois pas beſoin
que cet ami me traçât la route que j'a-
vois à prendre, la douleur & la raiſon
m'avoient ſeules inſpiré la réſolution que
je ſuivis ; je quittai *Moulins*, & je me
rendis en Bourgogne, où je ne reſtai
qu'autant de temps qu'il en falloit pour
régler mes affaires, & delà, je pris la
route de la *Breſſe*, Province obſcure,
où je me ſuis flatté d'être ignorée. La
terre de *Châtelet*, dont je venois de faire
l'acquiſition à *Dijon*, fut le lieu de ma

retraite, défert affreux que mon goût a changé en une folitude agréable , & que mon fils eft venu embellir jufqu'au moment cruel qui m'a féparée de cet unique objet de mes vœux; coup terrible , fera-ce le dernier que le deftin ennemi a réfolu de me porter.

Il y a quinze ans que retirée à *Châtelet,* je coule des jours heureux. Puiffe le ciel, témoin de mes fentiments , maintenir toujours au fond de mon cœur ce dégoût d'un monde où la vertu confondue avec le crime, eft fouvent expofée à des dangers plus grands !

F I N.

www.ingramcontent.com/pod-product-compliance
Lightning Source LLC
Chambersburg PA
CBHW070744280626
47162CB00017B/2346